特別な人生を、私にだけ下さい。

はあちゅう

幻冬舎文庫

特別な人生を、私にだけ下さい。

目次

ユカ　33歳　人妻の美香
結婚四年目セックスレス人妻。DM開放しています　7

鉄平　23歳　圭太
ストナン／ネトナン／ティンダー／ナンパ／主戦場は獅子と犬／ナンパ師の方、絡んでください！　37

工藤直人　20歳　ナオ
大学生です。もしよければフォローしてください　61

裕二　21歳　暇な医大生
面白きこともなき世をおもしろく。精神科希望　91

愛　42歳
ねね@童貞ハントFカップ
アラフォーのドMです。都内在住。童貞さん、学生さんウェルカム。DM、リプ、気まぐれだけどちゃんと返します　123

ユカ　33歳
人妻の美香
結婚四年目セックスレス人妻。旦那が失踪中　147

鉄平　23歳
圭太
ナンパ師卒業しました！↓やっぱり復活！　167

工藤直人　20歳
ナオ
『猫の鉛筆画』の人です。絵を描いています　191

裕二
21歳

このアカウントは永久凍結されています。
Twitterでは、Twitterルールに違反して
いるアカウントを凍結しています。

205

愛
42歳

ねね@童貞ハントFカップ
アラフォーのドMです。都内在住。
童貞さん、学生さんウェルカム。DM、
リプ、気まぐれだけどちゃんと返します

225

ユカ
33歳

ユカ
人生たて直し中。お弁当屋さんで働いています

253

解説　渡辺祐真／スケザネ

294

ユカ　　　　　　　33歳

人妻の美香

結婚四年目セックスレス人妻。
ＤＭ開放しています

寂しさは刺すように一瞬なのに、信じられないくらい体の奥深くまで到達してしまう。だから、その瞬間目を閉じ、ぐっと喉に力をいれてやり過ごす。けれど、これが時たまではなく毎晩のことなのだから、やっぱり飲み下しづらい日はあって、そんな日は適当な理由をつけてお酒でも飲みに出かけたい。でも、知り合いをむやみに誘うと寂しい人だと思われそうだし、人生がうまくいっていないことを自らアピールするようで抵抗がある。LINEのやたら目に悪そうな緑色の画面にあらわれる「友達」を上から下までスクロールしても「この人」なんて思える人はいやしなくて、結局画面を閉じるんだよね。友達ってなんだっけ。

旦那とうまくいっていないわけじゃない。人材派遣会社の社長をしている旦那は、帰りが遅くなることが日常茶飯事。朝帰りもざら。それを承知で結婚したのは私だ。最初は旦那がいない分、自由な時間が取れると思って嬉しかった。夜ご飯を食べたら、動画コンテンツの見放題サービスをポチポチと起動するのが私の日課で、SATCもフレンズも24もラストシーズンまできっちりとコンプリートした。

旦那の不在を憂い、遅い帰宅を責めるような女をちょっと前まで心から軽蔑していた。旦那のお給料で暮らしているくせに、仕事に理解を示さずに、早く家に帰ってくることを強いるなんて、どうしてそんなに我儘になれるんだろうと。自分の寂しさくらい自分で決着をつけて、遅くまで働いてきた旦那を笑顔で労うのが妻としての役目のはずだ。

結婚して一年はそう思えた。けれどいつのまにか、一人で家にいる時間、発作のように寂しさに襲われるようになってしまった。20時くらいに自分のためだけの簡単な夕食を食べ終え、21時くらいまで片付けや掃除をする。その後くるのが魔の22時。その時間帯が一番苦しい。約束なんて何もないのに、外に出たくてうずうずする。服を替えてメイクして、誰かに会いに出かけたい。外の風を浴びたい。

そうしたら今日といういつもと同じただの一日は、少しだけ良いものに変わるんじゃないか。そんなふうに何度も思って、やたら携帯を触ってしまう。突然の誘いなどしてくれる友人はいないのに。夜の街の代表格ともいえる西麻布まではタクシーで行けばワンメーター。けれど、約束のない西麻布は、まるでネバーランドのように遠く、まぼろしじみている。

先週の土曜日、表参道のカフェで。

「私、最近、出会い系アプリ使ってるよ」

オレンジジュースとアイスティーを二層にした飲み物を両手で持って、美香が言った。明るい日差し。暦の上では秋とはいえ、まだまだ気候は夏だ。

「え、あぶなくない？」

「全然あぶなくなんてないよー。そもそも、一線は越えないし」

一線を越えるとはどういうことかと聞くと、美香は笑って「会ったりはしない」と言った。

「不倫ごっこよ、不倫ごっこ。本当に不倫する気はなくて、でも気分を味わってみたいだけ」

日差しが横からあたっている美香の顔には、パーツにそって深い影が出来ていて、33歳という年齢が、ほうれい線にしっかりと刻まれている。けれど、シルバーのネイルを綺麗に施した美香のつやつやとした爪は女としてまだ現役なことを示している。目線を自分の手元に落とすと、手入れをしていないすっぴんの爪。親指の先が少し荒れている。

「会わないけど、メッセージのやりとりはするの？」

「そうよ」

「それって何の意味があるの？」

「意味はないけど、顔写真を登録しておいて『いいね』がたくさんきてると安心するんだよね。まだ女として終わってないことの証明な気がして」

美香はそう言って少し照れるように笑った。

「向こうから会おうとは言われない？」

「言われるよ。でも予定が合わないことにしてかわす。そこでメッセージ止めちゃえばいいし」

要するにモテを味わいたいんだよね、と美香は長い髪をかき上げた。くっきりとした二重瞼に、グラデーションがまるで雑誌のメイクページのように施された印象的な目元。メイクがいらないくらいナチュラルに整った眉毛。清潔感のある綺麗な歯並び。お世辞でもなんでもなく、美香は美人だ。同性なのにうっとり見とれてしまう時がある。こんな美人でも、女として自信がなくなる夜があるなんて信じがたい。

「ユカもさ、たぶん、女としての自信を失っているだけなんだよ」

そうかもしれない。

この一年ろくに飲みにも行っておらず、行くとしても美香との近況報告会だけ。男性に女として品定めされるような場所は出来るだけ避けてきた。人妻がそういう場所に行くことへの心理的抵抗もあるけれど、単純に男女混合の飲み会でターゲットにならないのはつまらない。そんな場所で次につながらない出会いを増やしたり気を遣ったりするよりは、家で気楽に海外ドラマでも見ながら、枝豆をつまんでいたほうがマシだ……そう思っていた。ちょっと前までは。

今は、気を遣ってもいいから飲み会に出たいとは思うものの、いざとなると誘ってくれるような人はいなくて、ああ、私は、そういうメンバーから外れたのだと実感する。当たり前だ。家庭のある女には気を遣うのがマナーだ。

美香は、つむじから毛先まで滑り下ろすように自分の髪をなでて笑った。

「ちょっとモテ気分を味わえば、寂しさって意外と埋まるよ。ネットのなんでもない出会いだって意外とあたたかいものだよ」

その言葉が頭の中に余韻を持って残っていた。

そして一週間後、いつもの一人の夜に、とうとう私はツイッターで裏アカウントというものを作ってしまったのだ。本名のアカウントもあるけれど、それとは別の適当な文字列のユーザー名で、ネットで拾った韓国のアイドルの写真をアイコンに設定したら、そこに私の分身が出来た気がした。

出会い系アプリに登録するのではなく、匿名アカウントを作ったのは、万が一にでもアプリの中で旦那の知り合いに、私のプロフィールを見られてばれるのが怖かったからだ。ばれたとしても適当な嘘で切り抜けられるとは思ったけれど、あんまりいいことにはならないだろう。夫婦の間に嘘は少ないほうがいい。旦那はツイッターをやっていないので、ばれることはない。

アカウントは電話番号を登録すればすぐに作れる。拍子抜けするほどあっさりと生まれた、ネット上の第二の私。

プロフィール欄は、どんな嘘を鏤(ちりば)めようか迷った挙げ句、「結婚四年目セックスレス人妻」と書いてみた。

正確には旦那とは結婚三年目だけれど、現実とは微妙にずらして架空の設定を作る。セックスレスは本当だ。もう三か月そういうことがない。セックスレスの定義は確か一か月からだったと思う。

結婚四年目、セックスレス人妻……美香です。

名前は何でもよかったけれど、一週間前に会った美香の顔がふと思い浮かび、本名のユカに似た響きでもあるから、美香にした。

まずはフォローする人を増やそうと、適当なキーワードで検索して表示されたアカウントをランダムにフォローしていった。フォロワー数の少ないアカウントはフォローし返してくれることが多い。その日はそれだけで満足してしまったけれど、二日後に思い出してツイッターを開いてみると、もう百人にフォローされていた。表の本名アカウントに早くも迫る勢いだ。

セックスレスというワードが効いているのだろう。フォローしてくれたアカウントを見てみると、ワンチャンを狙(ねら)っていそうな男の人ばっかりだった。ふと気が付いて、DMを誰からも受信出来る設定にしてプロフィールにDM開放しています、と書き足す。こうやっておけば誰かが連絡をくれるかもしれない。

予想は当たり、数時間後から「セックスレスなんですか?」とか「後腐れない関係、どうですか?」などのメッセージがぽつぽつと来始めた。私がネカマで男の可能性だってあるのに、なんて単純でおめでたい人たちだろう。男ってほんとバカ。そんなふうにバカにしながらも画面の向こう側の体温のある生身の人間との交流が嬉しく、私は全てのメッセージに馬鹿丁寧に返事をしてしまった。

「セックスレスではあるんですけど、旦那以外の人と関係を持つのには抵抗があります。後腐れない関係は今のところ間に合っています。でもDMありがとうございました」そう言うと、悪い反応をされることもなく、みんなあっさりと去って行った。それはそれでちょっと寂しい気もしたけれど。

このアカウントで誰かと実際に出会うつもりは毛頭ない。ただの暇つぶしだ。22時の寂しさを切り抜けるための。

匿名アカウントの世界には、実名では見えない世界が広がっていた。

「あー病んでる……」

「お金ない」

「イケメンとか言われ飽きたわ」

「セフレ欲しい」

「はやく精神安定剤届かないかなぁ」

みんな思い思いに欲望や本音をむき出しにしていて心地がいい。表では言えないことを吐き出しているのだ。急に人の心の中が見える能力を得たらきっとこんな光景を見るんだろう。専門学校の時、サークルの友達何人かとハプニングバー見学に行った時の気持ちと似ている。地下の世界をこっそり探検しているような気持ち。その場にいても、私はあくまで部外者なのだと思い込むことで安心感が得られる。

こんにちは、匿名の皆さん……とツイッターの画面をスクロールし、心の中で呼びかけてから、そうだ私も匿名だったと気づく。でも、私のアイデンティティは「匿名」ではない。

あくまで覗いているだけ。

みんな表の世界では全然別の人格で生きているのだろう。現実世界で普通の人でいるために、こうやって息抜きをしているのかもしれない。そう考えると、自分が世の中から置いてきぼりにされていたみたいで悲しい。

もう少し裏の交友関係を広げてみようと、いろんなつぶやきにランダムに「いいね」を押していった。いいねを押すとフォローしてくれる人もいる。その中に、「ナンパ師」というプロフィールの人がいた。ナンパ師とはなんだろう。つぶやきを見ても、何を言っているのかよくわからない。


「ザオラル」

「とりあえず即。22／Dカップ／JD」

「昼スト。今日はバンゲ止まり」

「2時間出て坊主」

「じゅんそく！」

「今日はクソ坊主。一人坊主飯」

「ヨネスケ」

……これは何かの暗号だろうか？　ナンパゲームのようなものがあって、その単語を使っているのだろうか。

最初はそう思ったけれど、そのナンパ師のフォローしている他のナンパ師の人たちも同じような単語でつぶやいているのを見て、みんながやっているゲームは現実で繰り広げられているのだと理解出来た。ゲームみたいにナンパしているんだ。本物の女の子を相手にして。

真面目な私はいちいちググって解読した。ザオラルはドラクエに出てくる魔法が語源で、しばらく連絡を取っていなかった相手に連絡することらしい。

解説サイトには、「男から女に送るのがザオラル（半分の確率でしか生き返らないから）。女から男に送るのがザオリク（確実に生き返る呪文）」とあった。

即は即セックス。JDは女子大生。ストはストリートナンパ。バンゲは番号ゲット。坊主はナンパしてもセックス出来ないこと。セックス出来なかった日に一人で食べる寂しいご飯や、男同士で食べるご飯を坊主飯というらしい。準即は出会ったその日にはセックス出来なかったけど、次にご飯とかデートに行って二回目でセックスが出来ること。三回目なら準々即。ヨネスケは女の子の自宅に行くこと。昔放送していたテレビ番組の、一般の家庭でいきなり晩ご飯に交じるコーナーでリポーターを務めていたタレントさんの名前が「ヨネスケ」

だから——。

知れば知るほど面白かった。

ナンパ師たちは女の子たちをゲームの駒にしているわけだから同じ女として不快感を抱いてもいいはずだけど、不思議と怒りは湧かない。だって、こんなやつらにやられてしまう女の子たちって、きっとその程度のレベルの子たちなのだ。

男たちも、こうやって偉そうにツイッターにあれこれ書いていても、実際はみんなブサイクなんだろう。行きずりのセックスを「戦績」としてしまう屈折ぶりは、非モテをこじらせているからに違いない。

観察を続けているうちに、私は「ナンパ師たちの顔が見てみたい」という欲望を抑えられなくなり、裏アカ勢たちの現実の顔を暴くことをしばらく個人的な自由研究とすることにした。やり方は簡単だ。こちらが会う素振りを見せて「会う前に写真が見たい」とメッセージする。すると、向こうはいとも簡単に写真を送ってくれる。こちらの写真を見たがったら、すぐさまブロックすればいい。

「ラインとかって出来ますか？」

「ラインは……ごめんなさい」

「じゃ、てっとり早く会いませんか？」

「そうですね……会う前に、よかったら写真もらえますか？」


こうやって頼んでみるとほとんどの人から写真をもらえた。

嘘のプロフィールで塗り固められた相手から、現実のその人の写真が送られてくる瞬間は毎回ぞくぞくする。

表と裏がつながる瞬間。

相手の弱みを摑んだような気持ちよさもある。そして謎が解ける瞬間、相手への熱も面白いように冷めてしまう。

何人もの写真を得たけれど、見た目だけで会ってみたくなるほど恵まれた容姿の人はいない。まあ、恵まれていれば、ネットでこんなふうに出会う必要もないから、それは当然だ。けれど、みんながみんな、体の関係を求めてくるのには、いささか驚いた。ツイッターって、そういうツールだったっけ、と思えてしまうほど。

「人妻ってことは、たまってるんですか?」「旦那さんとはどれくらいやってないんですか?」私のプロフィールがその質問を誘導していることはわかったけれど、あまりにも露骨で無遠慮なその言い草に、私はプライドを傷つけられ、復讐したいような気持ちになった。顔写真をもらってすぐに連絡を絶ち、相手をブロックすると少し胸がスッとする。相手はほんのちょっとだけ後悔しているはずだ。よく知りもしない相手に顔写真をたやすく与えてしまったことを。そしてあの写真がどうか悪用されませんようにと小さなひっかかりを持ち続けることになる。そして、ブロックされたのは自分が不器量だったからかもと多少のショックも感じるはずだ。それが私の出来るささやかな復讐だ。雑な口説き方とせこい生き方のどうしようもない男たち。私のほうこそせこいストレス解消だとは思ったけれど。

　掃いて捨てるほど裏アカ男性の顔写真コレクションが集まった頃、圭太（けいた）という子と出会った。プロフィールのセックスレスという説明だけでなく、つぶやきを少しは見てくれていて、「セックスレスの女」ではなく「人妻の美香」という私の人格に興味を持ってくれているように思えた。

「女性はやっぱりお金や学歴のある人がいいんでしょうか」

　私が年収についての記事につけた何気ないコメントに対して、そんなふうに彼が聞いてきたのが始まりだった。

やりとりをしているうちに、彼は新宿の駅ビルで働いていて、名前は圭太ではなく本当は鉄平（てっぺい）で、自分磨きの一環としてナンパをしていることがわかった。頭の良さは感じなかったけれど、何も考えていなそうなところが逆にいい。私の周りにはいないタイプだ。表の世界で交わることなど一切なさそうなこの男の子に会ってみたいと思った。いい暇つぶしになるという以上に、私は美香として誰かに会ってみたくなったのだ。

「普段はどこにいるんですか？」

「恵比寿が多いです」

なぜなら広尾にある高級マンションに住んでいるからね。

恵比寿か渋谷ならタクシーですぐにぴゅっと行けてしまう。家賃四十二万の２ＬＤＫは今までの人生で一番便利で快適だ。ほぼフリーターだった私に、旦那は十分すぎるほどの暮らしを与えてくれている。

鉄平は横浜に住んでいて、渋谷で電車を乗り換えるから、いつも渋谷でナンパをしているらしい。一度顔写真を送ってくれた後は、こちらから要求しなくても、自分の写真を惜しみなく送ってくれる。一枚、二枚ではなく何枚も。顔に自信があるんだろう。彼はツイッターに「顔サシが効いた」と何度も書いていた。

「美香さんの写真も一回くらい送ってもらえませんか」

そう乞われて、伏し目がちで表情がよくわからない写真を送った。学生の頃、旅行先で友人に撮ってもらったやつだ。その友人のブログに掲載されたことがあるから、万が一晒されても、ネットから写真を拾われたのだと言い訳がきく。

鉄平は、送った顔写真を褒めてくれた。

「可愛いです。すごく可愛いです。こんな美人と結婚したい」

そう言われて、胸の奥で切なさがきゅっと音を立てて鳴った。

こんな美人と、結婚したい——。

裏アカ勢の軽々しい言葉にいら立っていたはずなのに、軽々しい褒め言葉には心が躍ってしまう自分はなんて弱く、安い女だろう。思わず懺悔するように本当のことを言ってしまう。

「実は私、鉄平君よりずっと年上です」

「何歳ですか?」

「33」

「最高!」

驚いた。若く見えますね、とか全然イケます、と慰められるのかと思ったら、全肯定されてしまった。浅はかに見える男の子だけど会ってみたら、もしかしたら素敵な人かもしれない。一瞬でも恋愛めいたことが出来るのなら、それはそれでいい気がしてきた。

「最高だなんて、言われたの初めてです。こんな年上、ひくかと思った」
「ひくわけないですよ。僕は素直に思ったことを言っただけです」
「優しいね。そんなこと言ってくれるの、鉄平君だけだと思う」
「会いましょうよ、美香さん。会いたいです。今日遅番だから、渋谷に着くのは22時半になっちゃうけど、三十分だけ」

会いたいです、という文字だけくっきりと意志を持っているように強く見える。会いたいなんて最後に言ってもらったのはいつだろう。

「三十分なら」

ついに会う約束をしてしまった。
こんなことをしていいんだろうかという気持ちよりも、どちらかというとワクワクする気持ちのほうが大きく、後ろめたさをのみ込んでしまう。退屈な私の人生に秘密が出来た。秘密があるってなんて楽しいことだろう。

旦那に対して申し訳ない気持ちがないといえば嘘になるけれど、まだ何かしたわけではない。今の時点での事実は、単にネット経由で友達が一人増えたというだけのことだ。

22時40分。

鉄平から「着きました」と連絡があったので、駅前で待っていた私はスクランブル交差点を渡った。大勢の他人とすれ違いながら、香水をつけてくればよかった、と後悔したけれど、同時に罪悪感が湧く。香りを気にするのは、相手を異性として意識している証拠だ。私は若い男を誘惑して、どうしたいんだろう。

渋谷名物の世界一忙しいスタバには、多くの人が人待ち顔で立っている。

「白いスカート。黒いVANSのスニーカーを履いています。カバンはグレーです」

自分の特徴を送って待った。

数分後、鉄平は難なく私を見つけてくれた。今どきの子らしく、顔がとても小さい。身長は、170センチくらいだろうか。高すぎず、低すぎず、全体的にひょろりとしている。23歳と聞いていたけれど思った以上に若い。ただ若干、挙動不審だった。ツイッターでは、世の中や女の子をバカにした発言もしていて偉そうだったのに、生身の彼は、何に対しても自信がなさそうだ。おそらく怯(おび)えているか、緊張しているのだろう。私に喋(しゃべ)る隙を与えてくれず、一人でまくしたてる。

「美香さんですよね？　うわー、本当に来た……。アプリ経由ではよく会うけど、僕のことをナンパ師って知ってる人に会うのは初めてなんですよ。でも、美香さん綺麗な人でよかったー。写真以上に可愛いです。33歳には見えないです！」

自分が喋ったことが喋ったそばから不安になるらしく、かぶせるように話し続ける。

「いや、僕も出会い系アプリじゃなくてツイッターから会うのは初めてだから緊張します！　さて、どこへ行きましょうか。飲めるところがいいですよね。あんまり時間ないですよね。旦那さんが帰ってくるまででしたっけ？」

どこから答えたらよいものかとタイミングを見計らっていると、手を摑まれて、センター街のほうに引き込まれた。湿った手の感触。一人ひとりの価値が薄く感じられるほどの人だかり。ネオン。あっという間に、非現実の世界にいざなわれていく。

「ここでいいですか」と連れて行かれたのは、昔、一度足を踏み入れたことのある安い立ち飲み居酒屋だった。ここの名前は、ナンパ師たちのツイートで何度も見ている。ナンパ師同士の待ち合わせ場所としてよく使われるほか、女の子をナンパする場所としても有名だ。他の選択肢はないだろうし、私も、雰囲気を見てみたかった。きっと私が十年以上前に行った時とは、違う空気に満ちているだろう。

細い階段を下りていくと、カウンターがあり、まず飲み物を注文する。

「何飲みますか？」

「あ、私、旦那に飲んできたことがばれると嫌なので、ウーロン茶で……」

これが、私が鉄平に会ってから発した最初のまともな言葉だったかもしれない。

「ウーロン茶一つお願いします」

鉄平は自分の会計に百円硬貨を数枚足した。

「あ、いいです。私、払います」

「いや、俺が美香さんを誘ったわけだから。いいです」

頑なにお金を受け取ってくれない。でも私に財布を出させないその姿勢は好ましく思えた。

飲み物を受け取ると、店内の人ごみを器用に避けながら、端っこのスペースに陣取った。

場所が定まった瞬間、彼はスマホを取り出した。

「美香さん、一緒に写真撮りませんか。どこにも出さないから、会った記念に」

そう言われて、彼のスマホで言われるままに写真を撮った。アプリの加工で、二人の頭にはウサギの耳がついて、目は不自然なほどに大きくなっている。芸能人のインスタでよく見ていたけれど、自分の顔をはめ込んでみるのは初めてだ。

「こうやったらビフォー、アフター両方見れます。ビフォーの俺、ブスだな……」

そう言って加工前の写真を画面に表示させて見せてくれる。

鉄平の顔はビフォーとアフターでそう変わらない。

違うのは私だ。

口の横に深く刻まれたシワは、間違いなくほうれい線というやつだろう。こんなシワがあるなんて知らなかった。私がまだ鉄平の年齢の時には絶対になかった。肌だけは昔から褒められていたのだ。ツルツルだね、シミもシワもないね、と。

結婚する前に旦那も私の背中をすべすべとなでながら「ユカの肌の質感が本当に好き。この肌はずるい」と言ってくれていた。

鉄平の腕が自分の腰に回る。そういうことはしたくないと思ったけれど、じゃあどういうことを私は求めていたんだろう。ナンパ師とプロフィールに書いてある人に自分から会いに行っている時点で、そういうことを喜ぶ女だと相手に思われてもしょうがない。ましてや相手は浅はかな23歳だ。

あんまり深く考えたくない。深く考えるのはユカという、現実を生きている女がやることだ。今は美香なんだから、難しいことは何も考えなくていい。軽薄に振る舞ってみたい。

「美香さん……」

鉄平がふいに顔を近づけてきた。唇に視線と気配を感じる。

けれど、これはダメだと思った。相手は初対面の遊び人で23歳。

私の中の芯のようなものが「それは違う」と教えてくれている。どんなにふりをしてみたって私はやっぱりユカなのだ。

体をひねって、鉄平の口をおさえて「ごめん、ちょっと違うんだ」と言うと鉄平もさっと引いてくれた。

「ううん、ごめんね、美香さん」

しゅんとした鉄平の顔が子供じみていて、つまり純真なものに見えて、私はこの子にこれ以上、嘘をついたらいけないと思ってしまった。

本音がぽろぽろと口から滑り出る。

……本当の名前は、美香じゃないんだ。ユカっていうの。でも、人妻っていうのは本当。キスとかは出来ないけど、友達になってくれないかな。

そう言うと、鉄平が「えー、何がほんとなの？　ユカっていうのも怪しいな、怖いよ、怖い」と言って笑う。口説く時以外は全て早口でせわしない。鉄平の目がさっきより少しきつく見える。こちらの態度があちらの思い通りにならないことと、私が嘘をついていたことが面白くないんだろう。

「ねぇ、怖いよ。俺は本名も働いてるところも教えたじゃん。ユカさんだけ本当のこと言ってくれないのは怖い。ユカは本当なのね？」

「うん、ユカはほんと。人妻もほんと」

どうか彼と、セックスする男と女ではなく、人としてのおつきあいが出来ますように、という私の心の奥の願いが届いたのか、鉄平は、じゃあいいよ、友達になろう、とあきらめたように言ってくれた。

一呼吸おいて「あ、一番年上の友達かも」と付け足され、チクリと胸がかすかに痛んだ。友達になったせいで異性としてのフィルターが外れたことが少しだけ惜しい。この人からきっとこの先、もっと傷つく言葉を聞いてしまうだろう。

「じゃあ、友達になるとして、今から何する？　お話でもする？」

性的対象を外れた瞬間、緊張がとけたのか、お酒の中の氷を指でつんつんと触ったりして、自由に振る舞いだす鉄平。

そう言われると困ってしまった。

ツイッターでいつも見ている人に会いたかった。会えば満足だった。その先なんて考えていない。

「そうだね、何しようか」と目が覚めたようにつぶやくと、鉄平はあきれ顔で「もー、ユカさーん、何がしたいの、ほんと」と言った。本音を隠すことを知らない彼の表情はまっすぐすぎて、そのまま胸まで突き刺さってくる。

私、何がしたいんだろう、ほんとに。

したいことなんてないんだよね、たぶん。

だからこうやって、誰かが何かを仕掛けてくれるのを待っちゃうんだよね。

私ってバカだなぁ。

安いウーロン茶は喉を潤すどころか、逆に舌から水分を奪っていく。自分がいるのは、バカにしていた彼よりさらに底辺だ。

その時、都合のよいタイミングでスマホがブルブルと手元で震えた。表示されたプレビューには「かえる」という文字。決まって平仮名の、見慣れた表示。

「あ、旦那からだから、もう帰らなくっちゃ」

「そっか。じゃあ俺も今日は帰ろうかな。ユカさん、またね」

いつのまにか、彼の早口はおさまっていた。お互いに怖いのは最初だけだったみたいだ。

東横線の改札まで鉄平を見送り、自分は地上に上がってタクシーで広尾に戻った。三十分後に旦那の恭平(きょうへい)が帰ってくる。仕事が終わるとすぐに「かえる」というラインをくれる。そういう律儀なところが好きだ。

いつものようにエプロンをつけて、ダイニングテーブルを丁寧に拭き、ハンバーグと作り置きの野菜のおかずとみそ汁を温める。

料理は出来たてを出す主義だから、一人分のお皿にラップをかけてチンをする作業があまり好きではない。恭平の趣味で装飾の少ない静かな部屋に、電子レンジのチンという音がこだますると、妙に物悲しい空気が流れる。

おかずは準備するけれど、炭水化物は、夜遅くに食べると体に肉としてつきやすいので、抜く。代わりに、恭平は会社の向かいのコンビニで毎夕方におにぎりを二つ買っておやつ代わりにしているという。

そういった自主的な努力のおかげで、恭平は40代だというのに、お腹も出ていなくて、足がスラッと伸びていて、かっこいい。

食卓を調（ととの）えて、ニュースを見ていると、恭平が帰ってきた。

鉄平に会う前には、ＦＢＩが犯人の心理分析をしながら難事件を解決するドラマを見ていた。こういうドラマは、見ていてハラハラするところがいい。手軽に手に入る非日常。自分の居場所が平凡ではあれど、安全な場所であることを教えてくれる。

恭平がご飯を食べている間、私はニュースを消して、いつも通り隣に座って、本を読んだり、スマホをいじったりしていた。

恭平も食べながらたまにスマホを見たり、仕事の電話を受けたりする。食後もそれぞれに過ごす。お互いに思いついたことをたまに口に出して、相手が答える。

「そんなふうにバラバラに過ごすなんて不自然だよ」と美香に言われたことがあるけれど、うちの夫婦はこれが普通なのだ。無理に相手に合わせないと、結婚前にも約束した。恭平が

「お互いがちょっとずつ知らない世界を持つのが理想の夫婦だ」と言っていたのを今でもよく覚えている。彼と分かち合えないものがあることを、私は当然だと受け入れている。

「ごちそうさま」という恭平の言葉に私はうなずき、食べ終わったお皿を片付けるついでに、恭平を後ろから抱きしめた。すると、彼がいつも朝につけていくブルードゥシャネルとは別の香りがふわりと立ち込めた。甘ったるく、シナモンか何かのスパイスの混じったようなこの香りは女物で間違いない。けれど、浮気……ではないだろう、たぶん。

毎晩、嗅ぐたびに変わる香水について、私は一度も追及したことがない。単純に、疑っていると恭平に思われることが嫌だからだ。

人材派遣会社の社長をしている恭平は接待も多く、深夜や明け方に戻ってくることもざらだ。不規則な生活だよ、と結婚前に忠告を受けた。

けれど私は最近うすうす感付いている。

彼はもしかしたら特殊な仕事をしているのではないか、と。

なぜそう思うのかと聞かれると、それはもう女のカンと答えるしかない。ただ、人に言えない種類のものであるかもしれないと、根拠のない考えがたまに頭を過る(よぎる)のだ。

恭平から、男の人が浮気した時に漂ってくる後ろめたさはまるで感じない。では浮気以外の一体何をしているのか。何度も考えを巡らせてみるけれど、とんと思い当たる節がない。聞いてみたいけれど、その後、何もかもが今までと変わってしまいそうで怖い。

結婚して二年も経つのに、私は恭平の心の奥まで踏み込めたことがないのだ。ぶつかって、関係性が壊れてしまうのが怖い。恭平だけではなくて、みんなに対してそうなのだ。私は、相手から打ち明けてくれない限り、誰かの心に踏み込めない。

恭平が抱えている秘密めいたものも、彼のほうから話してくれるのを待っている。一番近くにいるのに大事なことを打ち明けてもらえないのは、とても悲しくて寂しく、心が縮んでいくようだ。

けれど、寂しいなんて思うほうが悪いのだろう。

幸せそうに見えても、いろいろ抱えている夫婦なんてきっとたくさんいる。みんな小さな不満をのみ込みながら幸せなふりをしているはずだ。不満のない人生なんて、ありえない。

テーブルの上には、昨日買ってきたばかりのガーベラの束がみずみずしく咲いている。あの花は四千円した。たった数日、二人しかいない家の中を彩るために払ったお金。誰もが出来ることではない。こんなに完璧ないい暮らしを私に与えてくれて、優しく、まめにラインを返してくれる仲良しの旦那。不用意なことを言って彼を失うくらいなら、何も気づかないバカな妻を演じながらこのままずっと一緒にいたい。そのために、時に抱えきれなくなる寂しさは、いろんな方法で処理してみせる。私は私の世界や秘密を持てばいい。寂しさも処理出来ない女にはなりたくないし、寂しさってたぶん、暇だから生まれるのだ。

いずれ二人の間に子供が生まれたら、こんな些細なことで悩まなくてもよくなるだろう。妊娠・出産までのほんの一瞬の辛抱だ。

私はいつも通り自分の気持ちに折り合いをつけて、皿を洗い、花瓶の水を替えた。

恭平が湯船に浸かりたいと言うので、湯をためている。ぱりっと仕上げたパジャマに、海外製の柔軟剤をいれて柔らかく仕上げたタオルも添える。私はいい主婦だし、いい暮らしをしている。

――そういえば、鉄平君はちゃんと家に帰れただろうか。給料が安いから実家暮らしだと言っていた。自分の部屋はあるんだろうか。常に家族のいる家でも、寂しさを感じることはあるだろうか。一体何が彼を「ナンパ」に駆り立てるのだろうか。

外が思いのほか寒かったせいで、つま先が冷えている。今夜は私も、ゆっくりお風呂に入りたい。恭平のお風呂が終わったら、久々に半身浴でもしよう。お湯の中でいろんなものを溶かすのだ。

鉄平　　　　　　23歳

圭太

ストナン／ネトナン／ティンダー／
ナンパ／主戦場は獅子と犬／
ナンパ師の方、絡んでください！

新宿を流れていく人波を、何の意図もなく目で追っていた。みんな、水槽の中をただぐるぐると泳いでいる魚みたいだ。無気力で、無感情で。東京は海だな。そこにいる人を酸欠にさせる、汚くて淀んだ海。

鉄平君、レジお願い、と言われてやっと店に数人の客が入っていたことに気づく。

やばいな。寝不足だから、集中力がない。

「このレジ打ちと、欠品していた商品の注文が終わったら、もうそろそろ上がっていいよ」

と店長に言われて、瞼の辺りをふわふわと取り巻いていた眠気が消え、急に力が湧いてきた。

今日もまた、遊び場に繰り出そう。

「おつかれ、したー」と挨拶もそこそこに裏に引っ込み、ロッカーから財布と携帯と香水だけが入った通勤用のポーチを取り出し、ひょいと肩にかけた。ナンパ師の鉄則は、身軽。向かう先は渋谷。

人ごみにまぎれて数駅を過ごし、渋谷駅に降り立つと、そこはもう俺専用のプレイグラウンドだ。夜の空気を体中で感じながら、俺はスマホを取り出した。

「犬、イン」

そう叩(たた)いて送信ボタンを押す。

渋谷はいつのまにこんなにアジアになったんだろう、と思ってから日本もそういえばアジアの一部だったか、と自分で自分につっこみをいれた。俺の言いたいことはつまり、東京の雰囲気が前に行ったことのある台湾とか韓国に似てきたってこと。

目に飛び込んでくる景色は暑苦しくて、チカチカして、街全体が膨張し続けているかのような熱気を感じる。すれ違う人の喋る言語も中国語か韓国語が多い。それが嫌というわけでは全くないのだけど、俺の知っている渋谷って、こんなんだったっけ、という感じもする。

じゃあ俺の思う渋谷はいつの記憶なのかというとそれもよくわからない。

高校は横浜だったから、学校帰りに渋谷に寄ることだって滅多になかった。俺が渋谷に通うようになったのはここ数か月。ナンパ師の活動を始めてからだから「俺の記憶の中の渋谷」は俺が勝手に作り出した偶像でしかない。

ツイッターで裏アカを作ったのは半年ほど前だ。

彼女が欲しくていくつかの出会い系アプリに登録したら、あまりにも簡単に女の子たちと優勝しまくれるものだから、面白くなって戦績をツイッターに記録したくなった。セックスを「優勝」と呼ぶのを流行(はや)らせた「暇な女子大生」さんみたいにネット有名人になることを目指しているわけではない。あくまで自分の記録のためだ。

裏アカでツイッターを適当にいじっていた俺はある世界の存在に気づく。ナンパ師と呼ばれる人たちの世界だ。

彼らは、ネットやクラブ、時にはストリートでナンパをして、戦績を裏アカで報告し合う。ナンパ用語と呼ばれるものもあって、たとえばネットでのナンパはネトナン、クラブでのナンパはクラナン、ストリートでのナンパはストナンと略される。ナンパの聖地である渋谷は犬、新宿は獅子だ。犬は言わずもがなだけれど、忠犬ハチ公がシンボルであることが由来。獅子は新宿東口にライオン像があるからしい。こういう知識はナンパ師たちと会話を続けるうちに自然に学び、時にはググりながら覚えていった。

俺が女の子と遊ぶ時はほとんどがネトナンだけど、正直、ストナン出来る人たちが一番強いと思っている。出会ったばかりの警戒心丸出しの女の子の心をほぐせるなら、ベッドに誘うのだって簡単だろう。それだけの話術と度胸があるということに他ならない。

ネットの出会い系サービスは、ほとんどの場合、男が金を多く出さなくちゃいけない。まあ、女の子もお金がかかる場合はあるけど、ほとんどの場合、女の子は無料でこっちがいくらか払わなくちゃ、せっかくマッチしてもメッセージの交換が出来ない。安月給の身だから、その数千円が惜しくもある。

ネトナンでは写真を詐欺られて、会ってみてからがっかりパターンもちょいちょいあるのだけどストナンだったら効率がいい。それに、ナンパは自分の引っ込み思案や会話下手を矯正してくれる。本業が接客商売の俺にとっては、ナンパでコミュニケーション能力を磨くこともある意味仕事の一環なのだ。そう思うとストナンへの憧れは募った。

俺はまだまだネトナンがメインとはいえ、いずれはストナンで戦績を残したい。ストナンがメインのナンパ師の何人かには実際に会ったことがあるけれど、顔がイケてないやつも多かった。あんなのにナンパされる女の子はかわいそうだ。でも声をかけてきたのが俺だったら女の子もそこそこ嬉しいんじゃないだろうか。ただ、ストナンに移行出来る自信がつくまではとりあえずネトナンで技を磨こうと思う。

正直に言う。俺は見た目がそれなりにいい。

芸能人には届かないとわかっているけど、最近ドラマの主役をはっている若手俳優に似ているとよく言われる。お世辞をまともに受け取るほど能天気じゃないけど、何度も言われたらそりゃその気にもなる。だから、俺の裏アカのアイコンは、その俳優の写真を借りた。たまに、俺自身の写真だと思い込んでいる人もいるみたいだ。

ま、世の中を見た目で半分に分けた場合、間違いなく俺は上だということ。出会い系アプリに精を出しているやつらなんて、リアルで勝負が出来ない低スペックな男たちが大半だ。俺はやつらとは違って、顔刺しだって結構ある。顔刺しなんて今は普通に口から出てくるようになったけど、半年前まではそんな言葉を知りもしなかったことが笑える。

顔刺しは顔だけで相手を惚れさせること。これが効いた時ほど気持ちいいことはない。両親に初めて感謝したね。この顔に産んでくれてありがとうって。身長はちょっと理想には足りないけど、目とまつ毛は女の子たちによく褒められる。綺麗な目、長いまつ毛だねって。目を褒める子はたいがい俺にもう惚れてる。そりゃそうだよね。好きにならなきゃ、目なんてじっくり見ないもん。

顔刺しだけに頼らず、俺は会話のテクニックも磨き続けている。毎日が試合みたいなもんだ。何人もの女の子を相手にしていれば、相手の求めるものがわかってくる。女の子たちは偶然をいくつも重ねて奇跡的にマッチした俺との共通点を探したがってる。共通点があればそこから話を広げて、会おうという流れにしやすいからだ。

そう、女の子たちはいつだって、男に出会いたがってる。だけど自分から「会いたい」とは言えないから、共通点を探して「会おう」の一言を男から引き出すことに必死なんだ。

セックスするだけなら話が面白くなくても可愛い子がいい。薄っぺらくも愛おしい彼女たちには何を言えば刺さるかを徹底的に研究した。写真だけ見れば、ある程度のルックスかどうか見分けられるようにもなった。アプリでの修正を見破るのは大変だけど、そもそも目の大きさや肌の白さはアプリで修正済みだと最初からこちらがのみ込んでいれば、そうがっかりすることもない。顔半分を不自然に隠したりしている子は、可愛くない確率が高いので、真正面の顔のはっきりした写真の子を選ぶようにするなどのちょっとしたコツも摑んだ。

　そして半年間のネトナンの結果、女の子というのは俺が思っていたよりもずっとチャラくてエロい生き物だということに気づいた。純粋そうに見えた子でも、大概一回目のデートで落とせる。簡単すぎて張り合いがないほどだ。出会いたいのは男だけじゃない。女の子だって、男と出会いたいし、セックスしたいんだ。女の子たちを頑なにしているのは世間体という厄介な宗教だけ。けれど、本名も住んでいる場所も知らない相手にならとことん大胆になれるらしい。

　俺がよくエサとしてまくのは映画の話題だ。プロフィールに好きな映画「(500)日のサマー」と書いておいて、メッセージで「イケアデートとかいいよねー」と言えば、大体の女は勝手に俺を恋愛観の合う男認定して「会いたい」オーラを醸し出してくる。会えば自動的にオフパコ成立。中には食事代やホテル代を持ってくれる女もいた。こんな世界を知ってしまうと、好きな女の子とセックスするために何回もデートを重ねて、大金をはたいてきた今までの恋愛ってなんだったんだろうと思ってしまう。

そういえば、この間同僚にオフパコっていう言葉が通じなかったから、これも、もしかしたら普通には使わない言葉なのかもしれない。意味は流れでセックスするってこと。俺はメッセージの段階で女の子をしっかりとふるいにかけるようになった。ブスっぽいのはアウトだし、重くなりそうなメンヘラも無理。メンヘラの見分け方は難しいけど、たとえば写真でどうも盛りすぎている気配がするとか、プロフィールが長文すぎるとか。とにかく面倒そうだな、と思ったらパス。そこそこに可愛くて、嘘がなくて、後腐れなく流れでのセックスを楽しめそうな子を慎重に見極めて会うことにしてる。

初めてのアポの時は、どうせ普通の男に相手にされない女が来るんだろうと不安になったけれど、なかなかどうして可愛い子だった。ハズレはこれまでに三回……いや、四、五回あったかもしれないな。でも、ハズレのほうが少なくて、むしろ日常では出会えないような美人に多く会ってる。会いすぎてもう何人とセックスしたかも忘れちゃってるな。

これまでに、専門学校生、ナース、キャビンアテンダント、女子大生、レースクイーン、モデル、バレエダンサー、地下アイドル予備軍、小学校の先生、保育士さん……いろんな人と会った。普段は出会えない人、そして二度と会わないかもしれない人たちとのセックスは非現実感が半端なくて楽しい。向こうも向こうで、俺とはもう会わないってわかってるくせに、キスしながら好きだとか言ってくる。その白々しさも含めて、俺は俺のことを求めてくれる女の子たちが大好きだ。同じ遊びにハマってる仲間って感じがしている。

ただ、あまりにハイペースで出会ってセックスしてを繰り返していると、何人と会ってどんな行程を経てどんなプレイをしたか、どんどん記憶から抜け落ちていく。記念すべき初オフパコ相手も、今となっては名前も職業も覚えてない。それはそれでちょっと寂しいから、ツイッターに簡単に記録をつけることに決めたのだ。

「逆アポ打診キターー！」

「朝からおせっせ。二回もしたから腰が痛い……仕事に差し障るなこれ」

「スト値９！　食いつきがいい」

「21歳・まさかの医大生。ラブホ代も半額出してくれた」

逆アポ打診は女の子から誘ってくること。おせっせはセックス。スト値は女の子の可愛さのレベルのことで、スト１が最底辺、スト10が最上級。５段階評価で言う人もいるらしいが俺は10段階を使ってる。そのほうが細かく刻める気がして。

こういう単語を使いこなして、意味がわかる人同士でつながるのもナンパの醍醐味の一つだ。ナンパ用語に反応した同士からもリアクションがある。

「スト値9！　羨ましい……自分はスト値2を摑みました」

「俺も久々のスト高だったので興奮しました。ハズレの日もありますよね。お互い頑張りましょう」

不遇の同士を慰めていると、切磋琢磨しているような連帯感が出てくる。やりとりしているうちに、いつのまにかナンパ師のフォロワーが増えていった。どうやら、俺の即率は高いらしく、一体どうやったらそんなに優勝出来るのかと質問をもらうようになった。それに返事をしていたらフォロワーはどんどん膨れ上がり、今の俺のフォロワーは千二百人。まだまだカリスマとは言えないけれど、俺が居場所をつぶやくと会ってみたいです、と他のナンパ師から秒で連絡が来るようになった。みんなネトナンのコツを知りたいのだ。まぁ俺の場合、顔がいいのがマッチする一番の理由だけど、そんなことを言ってしまっては身もふたもないから、「こういうふうにメッセージを返すといい」とかグダ崩しの方法とか、いろいろわかる範囲でアドバイスする。

グダという言葉も、いつのまにか自分の口から自然に出てくるようになっていた。イチャつきかましてみて女の子に拒否されるのがグダ。形式グダと真性グダの二種類がある。形式グダは崩しやすい。「私、そんなつもりなかった」と言う女の子に言い訳を与えてあげればいいのだ。「俺も会った日にこんな大胆なことしたことないけど、●●ちゃんがあまりにも可愛いから」とかなんとか言えばいい。本気で嫌がっている真性グダにはまだ出会ったことはない。まあ、向こうも俺の顔写真を見てそのつもりで来ているのだから、当たり前だ。

ツイッターを使っているうちに女のフォロワーも増えてきた。ふと、顔という武器がなくても、俺は会話術だけで女の子を落とせるんだろうか、という疑問が湧く。ストナン無双するためには、ネットである程度慣らしておいたほうがいいだろう。これまではアプリでばっかり釣ってきたけど、これからはツイッター経由でも人に会ってみようかな。それが出来たら、俺は一段上に行ける気がする。さて、どこから開拓するか。

そう思いながら自分の最新のつぶやきを見てみると、「人妻の美香」という人からいいねがついていた。プロフィールには「結婚四年目セックスレス人妻」と書いてある。なんだろうこれ。やる気満々じゃないか。でも、手慣らしにはちょうどいいかもしれない。DM開放しています、とも書いてあったので、早速DMを送ることにした。

人妻の美香の最新のつぶやきは「未婚で年収六百万円以上の独身男性がいかに少ないか」

という記事へのコメントつきリツイートで、「年収六百万円ってどっちかというと低いけどな」と書いてあった。年収六百万円で低い……一体どういう金銭感覚だろうか。この女、素性はどんなやつなんだろう。案外低収入で、コンプレックスの裏返しのツイートだったりして。好奇心がむくむくと湧く。

「はじめまして。圭太っていいます。いきなりすみません。今23歳です。女性はやっぱりお金や学歴のある人がいいんでしょうか」

送ってみて、もう少しひねれたかも、と思った。

でもまあ、どうせお互いに捨てアカだ。

圭太というのも偽名だし、晒されたところで何の問題もない。返事は来ないと思っていたけれど、ソッコーで返ってきた。

「あるにこしたことはないです」

そっけない返答。

こちらを軽蔑した攻撃的な口調にも思えた。上がったテンションが急激に下がる。こんな女とやりとりを続ける価値はない。

「やはりそうなんですね。いきなり失礼しました。ありがとうございます！」

これで切り上げるつもりだったけれど、俺が送り終えないうちに、相手の吹き出しマークが、点滅した。何か入力している証拠だ。

「犬ってなんですか？」

「犬？」

「犬、インって書いてたじゃないですか」

「あ、それはナンパ用語です。犬が渋谷、獅子が新宿、梟(ふくろう)が池袋。あとあんまり使わないけど丘が六本木です。渋谷にいるよって意味で、犬インです」

「ナンパ用語っていうのがあるんですね、面白いです」

持ち前の親切心が起動した。そもそも俺の本業は接客業。客の質問に従順に答える反射神経がついている。

「面白いって言ってもらえるの、なんか新鮮です！」

人妻は俺に興味を持ったみたいだった。

「ほかにもありますか？」

「ナンパ用語ですか？　んー、たとえばネットナンパだとネトナン、道でナンパするのはストリートナンパでストナン、クラブでのナンパはクラナンとかって言いますね」

「へぇ……。それも初めて知りました」

「そうですか。でも、自分では自然に使ってるので、専門用語だって意識ないです」

「すごくたくさんナンパされてるんですね。圭太さんの顔、見てみたいです。ティンダーでいつも出会ってるってつぶやいてましたよね？　ティンダーのスクショ、見せてください」


こんな得体の知れないやつに顔写真を晒されたらたまったもんじゃないが、正直、俺の顔を見せてどんな反応をするのかは知りたかった。学生時代の仲間にも、仕事の同僚にもこのアカウントのことは言ってない。表の俺とこのアカウントを結びつけるような情報は今まで一切出してこなかった。危険な賭けだとは思ったけれど、この世間知らずの人妻が俺の顔にどんな判定を下すのか知りたいという好奇心が勝った。顔という武器は最後まで使わないでおこうと思ったけど、どっちにしろ会うことになったら見せるわけだし。


「晒したりしないですよね？　笑」

「しないです」


本気で信用は出来なかったけれど、俺はスクショを送った。送ってから気づいたけれど、ティンダーのほうはフェイスブックと連携させているため、表示名が本名だった。下の名前だけとはいえ、「テッペイ」としっかりと表示されている。俺は慌てて取り繕った。

「あ、ティンダーのほうが本名です」

「本名はテッペイさんなんですね。顔、可愛いです。すごくイケメン！」

「ありがとうございます」

「イケメン！」とびっくりマークをつけているのは、向こうに顔が刺さったということだろうか。きっとそうだろう。犬顔で「甘い」とよく言われる俺の顔は、年上の女にウケがよいことはこれまでの戦績からわかっていた。

「出会い系での面白い話あったら聞きたいです」

「面白い話、そんなにないですよ。人妻さんもなんか出会い系登録してるんですか？　だったらスクショ見てみたいです」

「この間消しちゃった。ティンダー経由で、結構出会えましたか？」

「結構出会ってます。そっちはどうですか？」

「マッチしたあと、急に冷めたり緊張しちゃったりして、実際に会ったことはないんです」

「そうなんですね。人妻さんとマッチしてみたいです。本当の名前はなんて言うんですか？」

名前を言うのをためらっているのか、入力中のマークがしばらく点滅して、その後、「美香です」と送られてくる。

「本名も美香さんなんですね。顔見せたあとに、ツイート見てくださってると思うと恥ずかしいです」

「テッペイさんのこと、聞かせてください。大学生ですか。どこ大ですか」

「自分、専門学校出て、アパレルで働いてるんです。低スペックですよね。だから、美香さんに収入のこと質問したんです。完全に学歴コンプってやつです」

美香は俺の自虐を全くフォローせずに別の質問をぶつけてきた。

「いつもどこにいますか?」

「新宿の駅ビルの中で働いています」

「仕事は何時くらいに終わりますか?」

「早番・遅番まちまちですけど、今日は22時に終わります」

「結構遅いんですね」

「早番の日は19時上がりなんですけどね。お休みも不定期です」

質問ばかりで、まるで尋問みたいだ。

正直ちょっと面倒だったけど、顔も知らない男にナンパのやり方を教えるよりはずっといい。それに、出会い系で会う女の子とのテンプレートな会話には少し飽き始めていた。名前を聞いて、職業を聞いて、趣味や好きな映画を聞いて、お互いの顔写真を褒め合って……模範解答の半分はもうユーザー辞書に登録してあって、コピペで全部送ってる。それで、やりとりがうまく続いた女の子とだけ会うようにしているのだ。効率がいい代わりに思い入れも薄い。

休憩室は、誰かが食べたマックのポテトの匂いが充満していた。

ハロウィンは、絶好のナンパチャンスだというのにあいにく遅番。

休憩時間に、ツイッターに上がってくるはじけたコスプレ勢の写真を見ながら、世の中から置いて行かれた気分を味わっていると、同僚の女の子が「メイクしてあげるよ」と言って自分のメイク道具で俺を女に仕立ててくれた。

ニキビ跡をコンシーラーという、肌色のクレヨンのようなもので丁寧に塗ってくれて、目元にはラメの入ったブラウンのアイシャドウ。大きなブラシでなでるようにピンクのチークをいれる。安物だからか、頰に触れたブラシの毛先がつんつんとしたけれど、気分が良かった。

隣のレディースブランドの店員に頼んで、マネキンのウィッグも貸してもらう。話したことはなかったけれど、「ハロウィン用の写真を撮りたくて」と言うと、「すぐに返してくれるなら」と割とあっさり貸してくれた。

メイクの力とウィッグでなかなかの美女に変身。すかさず自撮りをしまくる。自分で言うのもなんだけど、結構イケてる。ささやかながら、ハロウィンの思い出が出来た。

同じく遅番だった同僚の海斗は「どうせやるなら派手にしたい」と言って、ギラギラしたピンク色で目を囲ってもらっていた。濃い口紅を塗ると、途端に変装感が出る。

一緒に肩を組んでスノウで写真を撮った。フィルターを通すと余計に美女感が増す。

ウィッグを返しがてら近くの店舗の人に挨拶に行くと可愛いですねと笑ってもらえた。その笑顔を見ながら、こいつは、セックスの時どんな顔をするんだろうと想像した。試しに口説いてみようか。けれど、失敗した場合、リアルに職場に通いづらくなるだろうからやめておく。そのリスクを背負ってまで口説きたいような容姿ではない。これくらいの外見の女はティンダーに腐るほどいるのだ。それにしても、女を見るとヤることばかり考えてしまうってやばいな。末期だ。

帰宅のためにほんの数分でメイクはつるっと洗い流したけれど、写真を改めて見ると笑えた。自分で言うのもなんだけど、俺は目の形がいいから、女装が結構似合う。これでティンダーに登録したら意外と男が釣れるんじゃないだろうか。いたずら心がむくむく湧き上がり、つい裏アカでつぶやいてしまった。

「女装したらクッソ盛れたｗｗｗウケる。この写真で男ひっかけてみてえなー」

すると、俺がつぶやくのを待っていたかのように、人妻の美香からメッセージが来た。この人は表では返信せずに、いつもメッセージを送りつけてくる。あんまり人格を出したくないのか、まだツイッターに慣れていないのか。

「どんな写真か、見たいです」

前に送った写真は別にネットなどで晒されることもなかったので、警戒心がとけていた。なんの抵抗もナシに女装して撮った写真を美香に送る。

「どうですか」

「可愛い！　本当にめちゃ可愛い。どうしたのこれ。アイドルみたい！」

「前髪下ろして、ヒゲを隠して、スノウで盛ってます。美香さんだけです。こんなの送れるの」

「いやいやいろんな人に送ってるでしょ」

「身バレしたくないんで、送ってないです。本当に美香さんだけです」

「そんなに私のこと信頼してくれてるんだね。生のあなたに会ってみたいな」

続いて「こっそりあなたの働いているところ、見に行ってもいいですか」と言われた。

こちらも美香の素性——特に顔には興味があるけれど、いきなり職場に来られるのはリスクが高すぎる。

「普通に会うんじゃ、ダメですか」

「いえ、私は……一方的に見ていたいです」

「俺、実物ブスなんで見られたくないです」

本当はそんなふうには思ってないけど、アプリでは肌をかなりキレイに加工しているので、ハードルを上げられると困る。

「ううん、そんなことないと思う。この紙袋のお店ですよね？　写真の左端」

そう言われて見てみると、同僚の背後に写っているロッカーに紙袋が置いてあり、そこにははっきりと自分の勤めている洋服屋の名前が書いてある。

店名。新宿の駅ビルの中の店舗。下の名前はテッペイ。顔写真。

心臓が急に早鐘のように鳴る。これだけあれば、美香は俺のことを容易に探せるだろう。

ちょっと情報を与えすぎてしまった。

お店に行ってあなたを遠くから見てみたいという美香を説得して、会う約束を取り付けた。

会って、なんとか理由をつけて顔写真だけでも撮れば、相手だって変には動けないだろう。

写真をばらまかれたら困るだろうから。

数日後、渋谷で待ち合わせた美香——会ってみたら本名はユカだとわかったけれど——は、予想していたよりもはるかに可愛かった。ＤＭでは何度頼んでもはっきりした写真をくれないから、顔に自信がないんだろうと思っていたけど、意外なスト高。スト値８、いや９をあげてもいいくらい。俺がよくナンパ用に使う飲み屋に連れて行ったら目を丸くしてきょろきょろと周りを観察して、自分のこともポツポツ喋った。

けど、俺とセックスする気はないみたいで、キスすらかわされてしまった。スノウを教えるふりをして写真だけは撮れたのでよしとする。何かあればこの写真をツイッターで晒す。

ちなみに俺は、ナンパした女の子の写真を全て大事にスマホに保存している。特に何かに使うわけではないけど、記念と何かあった時のための証拠としてね。

全く俺になびく様子のない美香を、最初は陥落させたいと思ったけど、時間がかかりそうなのでやめた。ヤらせてくれない女に用はない。そんな女に時間を割くよりも次の可能性に賭けたほうが、はるかに時間の有効利用だと思う。俺とセックスしたいと言ってくる子は、わんさかいるわけだし。

――時々、俺は何のためにナンパしているんだろうと、ふとわからなくなるけれど、その間にも出会い系アプリ経由でどんどん、会いたいとかヤりたいとかメッセージが来る。それを全て返すとしたら、時間がどれほどあっても足りない。

次から次へとメッセージを送り、気づけば女の子と会って、ヤっている。忙しいのはいい。忙しいほうが何も余計なことを考えずにすむ。

でも俺は最近わかってきた。欲しいのは相手の体じゃなくて心なのだ。でも、先に体を奪わないと心だって奪えない。女の子は、体を許していない相手に心を許してくれないものだ。

俺は、俺みたいな男と軽く寝るくせに、そんな自分に傷ついて、自尊心が低くなっている女の子が大好物だ。俺だって、こんなふうにいい加減に自分を扱う女の子を相手にしながら、寂しさを埋めている自分が手に負えない。傷ついた者同士が出会って、一瞬だけでも傷を舐め合って、バンドエイドみたいにお互いを都合よく使って、使い捨てる。

この繰り返しをいつまでやればいいんだろうと思うこともあるけど、そういうことすら考えなくていいように、俺は、メールに返信し、アポを取り、ナンパの記録を更新していく。きっとこんなバカなことだって、やり尽くしたら何かが変わるはずだ。

工藤直人　　　　　　20歳

ナオ

大学生です。
もしよければフォローしてください

「昨日のスト8、ヨネスケ。年上のお姉さん。Gカップおっぱい！　動画、最初は嫌がったけど、顔映さない約束で撮らせてもらいました」

そんな言葉と共に添付されている動画はほとんど真っ暗で何がどうなっているのかよくわからないけれど、時折生白い肌がゆらゆらと動いている。音声をオンにすると、苦しそうな、それでいて嬉しそうな女の人の喘ぎ声。

生唾を飲み込みながら、何度もその動画を再生し、女の人が立てる音に耳を澄ませ、目をつぶりながら右手を動かした。いつも通りの速さで慎重にこすると、自分の中で確かなものが徐々に高まっていくのがはっきりとわかる。ものの数分で体中の熱がその部分に集中し、快感の波がじわじわと近づいてくる。——もうすぐだ。僕は動画の中の喘ぎ声と自分の呼吸を重ねていき、ここだと思った時にぎゅっと力を込めて全て解き放った。すると、白い液体が狙い通りの場所に飛び散り、呼吸が乱れる。

「う……」

ともすると大声になってしまいそうな声を無理やり殺し、息を整えながらティッシュで冷静に白い液体を拭き取った。ティッシュを丁寧に丸めて捨てた瞬間、ガチャガチャと階下で音がし、やがてバタンとドアが閉まる音がした。母親が買い物から帰ってきたのだ。いいタイミングだった。

「直人(なおと)、ただいまー」という声に「おかえりなさーい」と平然と答える。あーあ、こんなふうにこそこそしみったれたオナニーばっかりしてないで、派手なセックスがしてみたいなぁ。

最近見つけた圭太という人のツイッターアカウントではナンパの戦績と共に、時々、ナンパでゲットした女の子の目や顔を隠した画像や動画がアップされる。はめ撮りってやつだ。有料の動画サイトもたまに見るけど、ツイッターは無料だし、こちらのほうがはるかに生々しくていいおかずになる。

それにしてもナンパ師ってすごい。知らない人に声をかけて、その日のうちにセックス出来ちゃうなんて。圭太さんという人はまだまだ駆け出しのナンパ師で、主にネトナンでアポ取りすると書いているけど、それだって十分すごい。というか、僕が何年も引きずっているコンプレックスは、ナンパ師から見たら笑っちゃうくらい情けないんだろうな。下腹部にまだ熱を持ちながらへなっと垂れ下がっているものは、ツヤツヤと赤くて、未使用感が漂っている。

体の中もまだうずうずしていて、抜き足りない。今夜のおかずも探しておこうと思って、ナンパ師アカウントをいくつか見ていると、ナンパ師に交じって「結婚四年目セックスレス人妻」というアカウントが出てきた。エロ写メでも提供してくれるアカウントかと思ったら

「眠い」とか「つまんない」とかぽつぽつとつぶやいているだけだ。

過去ツイートを追っていくと、こんなつぶやきもあった。

「こんな雨の日は昔のことばかり思い出してしまう。幸せな今のほうが、幸せじゃなかった昔よりもずっと孤独だ」

事情はよくわからないけれど、なんだか寂しそうだ。寂しさを抱えたセックスレスの人妻なら、僕の童貞をもらってくれるだろうか。友達に聞いた童貞をもらってくれるお姉さんの話を思い出しながら、思い切ってその「人妻の美香」さんにDMを送ってみた。友達の八代(やしろ)の会社の先輩が、ツイッターで知り合った年上の女の人に童貞を捧げたらしい。その女の人は童貞が大好きで、童貞を見つけたら必ずヤるということだった。そんな女神みたいな人に僕だって出会ってみたい。実のところ、ツイッターでアカウントを作った目的の一つはそれだった。

「はじめまして、学生です。年上の女性が好きなのでメッセしてみました。ライン交換してくれませんか」

――送るくらいタダなんだから。

裏アカだから捨て身になれる。

三分後に、ブルルッと通知が鳴った。人妻の美香さんからの返信だ。自分からメッセを送ったくせに、返信が来たことを意外に思いながら開いてみると「顔写真をください」ということだった。

自撮りはあんまりしないけど、斜め上にスマホを掲げてかっこよく見えるように工夫して撮った。我ながら盛れたと思ったけれど、口元だけちょっと伸びて写ってブスに見える気もしたので、落書きツールで口元だけ隠す。

その後、返事がなかなか来ないので、「どうですか」と送ったら、僕のアカウントでは、人妻の美香宛にはメッセージが送れないという表示が出た。なんだこれ、と不思議に思った数秒後、理解した。どうやら僕はブロックされたらしい。

タイプじゃなかったんだろうか。僕にしてはいい顔に写った写真だと思ったのに。でも冷静に写真を見返すと、イケメンには程遠い顔をしていた。

自分でも嫌になる。思い思いの方向にハネているくせ毛も、ニキビだらけの肌も、平べったく据わっている鼻も、全部規格外だとわかっている。自分で自分の顔を好きだなんて一度だって思ったことはない。

でも、悔しいから、もう一つ作ってあった裏アカウントから、別人を装ってまたメッセしてみる。

「遊びませんか」

そう送ってみると、驚くことにまたすぐに返信が来た。

僕の写真はブロックしたくせに。

「今日ですか？」

「はい」

「顔写真くれたら」

まただ。今度は馬鹿正直に自分の顔を送らずに、適当にググって見つけたサロンモデルのイケメンの写真を送る。

「いや、これじゃないでしょ。イケメンすぎるもん。何歳ですか」

「20歳です」

「どこに住んでるの？」

「東京です」

「渋谷は近い？」

「近いです。それより、あなたの写真、見せてもらっていいですか。ぜひ見たいです」

相手から送られてきた写真は、明らかにネットから取ってきた誰かのプロフィール写真だった。自撮りではなくてプロのカメラマンに撮ってもらったような、背景がボケた美人の写真。たぶんマイナーな芸能人の写真をどこかで拾って使っているんだろう。

「これ他人の写真ですよね」

「笑」

「あなた男ですね」

「違います」

「男性釣ってるんですか?」

「寂しいから誰かと話したいだけ。あなたは?」

「僕はただエロいことがしたかっただけです。見せ合いとかしませんか」

見せ合いもツイッターで知った言葉だった。お互いにエロい写真を撮って、交換し合うという遊び。見せ合いのためのツイッターアカウントも結構あって、いくつかフォローもしていたりする。チキりだから、自分のを送ったことはない。

けれど、人妻の美香は誘いに乗ってくれなかった。

「しないよ。そういうことがしたくて作ったアカウントじゃないの」

じゃあ何のためのアカウントなんだろう。裏アカなんて、普段友達には言えないエロいことを言ったり、エロアカをフォローする以外、何に使うんだ？

なんとなく得体が知れないこの「人妻の美香」の正体を暴きたくて、僕はついかまをかけてしまった。

「ちなみに僕、さっきあなたがブロックしたやつの友達ですよ」

「あ！　ブロックした本人ね。了解」

すぐにバレてしまった。相手のほうが一枚上手みたいだ。っていうか冷静に考えたら、まぁバレるか。

「バレた。笑」

「しつこいねー、あなた。裏アカいくつ持ってるの」

「これとさっきのだけです。ブロックされて、ショックで。ごめんなさい」

「あらあら、ごめんね」

あっさり謝られて、僕は面食らった。ちょっと優しいじゃないか。この人は本当に男じゃなくて、人妻なのかもしれない。言葉遣いでそんな感じがする。あらあら、なんて、同年代の女の子はあまり使わなそうだ。同年代にも友達と言える女の子なんていないから、想像だけど。

「いいんです。自分のナルシストなところを取っ払ってくれて、いっそ清々しいです」

「でもさ、あなたその感じだとモテないでしょ。童貞？」

「あの顔の通り童貞です。わかりますか」

「申し訳ないけどわかるわ」

結構失礼なことを言う人だけど、顔には自信がないから、正直仕方がない。

「大学生？　どこの大学？」

僕は通っている三流大学の名前を正直に打ち明けた。

その後も美香さんは矢継ぎ早に質問してくる。

「なんで童貞なの？」

「イケメンじゃないからです」

あんたも顔だけでブロックしたじゃないか、という言葉をのみ込む。

「彼女出来たことないの？」

「奇跡的に告白されたことは一回あるんですけど、未経験です。もらってくれませんか」

「私には旦那がいるし、そういうことのために作ったアカウントじゃないんだよね。でも何かあったら話し相手になるよ。あとね、こんなこと私が言えたことじゃないけど、初めては本当に好きな人としたほうがいいよ」

「なんでですか」

「童貞はいつでも捨てられるけど、童貞に戻りたいと思っても、二度と戻れないから。たった一回の初めては、大好きな人にあげたほうがいい。もらうほうも嬉しいからさ」

「わかりました。ありがとうございます」

「なんだ、あんたいいやつじゃん」

なぜか認められてしまった。

「ありがとうございます」

人妻の美香さんは僕をフォローしてくれた。

その後、どんな質問が来るのか楽しみに待っていたのに、もう質問は来なかった。そっか、やりとりは終わったのだ。また明日になったらやりとりをしてくれるだろうか。会えないとわかっていても、顔はわからなくても、女の人とのやりとりは久々で、楽しかった。人妻の美香さんは、どんな顔をしているんだろう。圭太さんが投稿してた暗闇の女の喘ぎ声に美香さんのアイコン写真をイメージしながら、僕は下腹部に右手を添えてもう一発抜いた。

翌日、僕のほうから美香さんにメッセしてみた。

「美香さん、アイコンは美香さんですか」

「ううん違うよ」

昨日その写真でオナニーしたのに、あっさり否定されてしまった。

「誰ですか」

「ネットで拾った韓国のアイドルの子」

「美香さんに似てますか」

「ううん、全然似てない」

「でも、たぶん美香さんは本物も美しいんでしょうね」

「ありがとう」

「いえ、僕は本当にそう思ってます」

そこから先はまた返ってこなかった。

その日の夜、美香さんは「久々に外。渋谷に夜くるの、久しぶり」とつぶやいていた。そうか、渋谷にいるのかぁ。きっと男と会っているんだろうな。いや、友達かなぁ。

美香さんには「渋谷は近い」と言ってしまったけれど、本当は遠い。僕の住んでいる小さな町は千葉県にあって、渋谷に出ようと思ったらバスも電車も使わなくちゃいけなくて、一時間以上かかる。渋谷に最後に行ったのはいつだったろうか。都会に住んでいたら僕の人生ももうちょっと華やかだったかもしれない。童貞だってとっくに捨てていたかも。渋谷、羨ましいな。会話のきっかけが欲しくて「渋谷行ったんですか？」とＤＭしようと思ったけど、やめた。きっと、しつこいのはよくない。

ツイッターをいじる代わりに、絵を描くことにする。

渋谷を画像検索で調べながら、鉛筆で丁寧に丁寧に描いていく。

スクランブル交差点の雑踏。その雰囲気や匂い、そこに存在する人たちの人生を、出来るだけリアルに思い描きながら、描いていく。

絵を描くのは楽しい。

何にもない自分が何かを生み出せるとしたらこれしかない。鉛筆画なんて、描けたってなんの得にもならないけれど、描いている間は嫌なことも忘れられる。まずは目印になるビルを細かく描き、背景を真っ黒に塗りつぶす。手の甲や指を黒鉛で汚しながら、思いっきり塗りつぶす作業が一番好きだ。自分の心の黒さが紙に吸い取られていくようでスッキリとする。

数日後。

またおかず探しのためにツイッターを開くと美香さんのつぶやきが一番上に来ていた。

「つらい」

何か嫌なことでもあったんだろうか。こんな童貞にちょっかいを出されるのも嫌かもしれないけれど、誰かに気にしてほしくてつぶやいているんじゃないだろうか。「つらい」ってことを友達に言えないから、こんなふうに匿名でつぶやいているんじゃないか。

僕はまた美香さんにメッセを送ってみることにした。

「美香さん、元気ですか」

「童貞君じゃん」

「僕の名前、童貞君になったんですね、笑」

「元気じゃないよ。元気？」

「僕はいつも、あんまり元気じゃないです。体、だるいですか？」

「だるくはないよ。あなた偉いね。元気じゃないのに人のこと気遣ってくれて」

「自慢じゃないけど、元気じゃない時のつらさはわかります」

「優しいね、ありがとう」

「不満とかストレスとかあったら、この童貞野郎に話してください。言いたいことだけでいいんで」

「どうしてそんなに優しいの。楽になりました。ありがとう」

「ゆっくり休んでください」

その夜はそこで終わった。美香さんはちゃんと寝られただろうか。僕はなんだかオナニーをする気も失ってしまって、YouTubeでくだらない動画をいくつか見てからベッドに横たわった。


翌日、必修授業を受けるために大学へ行く。経営学の田中教授の話はいつも長ったらしくて退屈だ。

僕は授業を真剣に聞くことをはなからあきらめて、時間の有効活用のために、ハガキサイズのスケッチブックを取り出して、落書きを始めた。教室で寝ている人の顔。さっき見た花。目の前の鉛筆。鉛筆の芯が紙をすっすっと滑っていく感触を楽しみながら、黙々と描く。


「084」

八代からのラインが届いた。

高校の時からの仲良しの八代と結成した「846-910会」は、こんなふうに暗号っぽい数字を交ぜながら会話するのがルールだ。「846-910」は二人の名字を数字化したもの。この「数字に出来る」という共通点を発見してから、普段のラインでも数字に出来る言葉を、あえて数字で書いたやりとりを楽しんでいる。

「084」はオハヨー、「110」はトイレ、アルバイトはバイトで「8110」か「4510」で「仕事」。

「084（オハヨー）」

返事をすぐに送った。似た者同士の僕らは怖いくらいオンラインでリアルタイム。毎日、暇があればラインして、通話して、オンラインで同棲生活を送っていると言ってもいいほど喋っている。まあ、とはいえ、お互いに変顔を送り合ったりしているだけで、完全に高校の部活ノリなんだけど。色気なんてこれっぽっちもない。

「910（工藤（くどう））は何してる?」

「授業中だよ」

「実は……まさかの49集合案件」

「まじか」

49集合というのは、絶対に会って話さなくちゃいけないことが出来たという意味だ。

「49＝至急」、集合。

49集合は本当の本当に重大事件の時しか使っちゃいけないルールで、前回発動したのは、八代のお母さんがオレオレ詐欺の被害に遭った時だった。

「まさか」

「そのまさかかもしれないな。土曜の午前はどう？」

高校卒業後、引っ越し屋に就職した八代は、僕みたいな暇人大学生のように時間の融通が利かないので、僕が八代に合わすことになる。翌々日は、駅前のマクドナルドで集合することになった。

いつもはゆっくり寝坊するはずの土曜日の朝に、ちゃんと起きた。

10時にマクドナルドに到着。朝マックが注文出来るのが10時半までだから、集まる時は必ずこのくらいの時間にしてる。「846-910会」では朝マックが定番。僕は好物のマックグリドルを頼んだ。メイプルの甘い香りがするふかふかのホットケーキに、ソーセージが挟まっている。マクドナルドの全メニューの中で一番好き。それに、ハッシュポテトの組み合わせが最高。またニキビが増えるとわかっていてもやめられない。

ニヤニヤしている八代に、僕のほうから声をかける。

「ねえ、まさかとは思うけど」

「そのまさかだよ。じゃなきゃお前のこと、呼び出さねーよ！」

「もしかして、ついに」

そう言って身を乗り出すと、八代は満面の笑みで「その通り」と答えた。

「この度、俺は、童貞を卒業しました！」

うすうす予想出来ていたとはいえ、「うわあああ」と声が出る。後ろに座っているおばさんが、僕たちを一瞬見て、目をそらした。

「え、相手誰？」と促すと、八代は「ツイッターで知り合った人」と誇らしげに言う。

「え、まじで、ほんとに成功したんだ……」

一か月前に会った時、僕らは「この夏こそ童貞を卒業しよう」と誓いを立てたのだ。そして、八代の会社の先輩がツイッターで出会った人に童貞を捧げた話を聞いて、それぞれアカウントを作ったのだった。いい人がいたら、童貞をもらってもらおうと思って、気まぐれにとはいえ活動を続けていた。

美香さんとやりとりをしていたのもその流れだ。八代は仕事が忙しいから、そんなに活動出来ていないと思っていたのに、まさか出し抜かれるとは。

「いきなり発表しないで、逐一経過報告してくれよ！」

「ごめん、ごめん。俺もまさか会ってすぐにそうなるとは思わなくて」

「相手どんな人？　綺麗だった？」と僕が聞くと、「うん、綺麗というか可愛かったな」と八代はほくそ笑む。

「タバコ吸う人だから、キスがちょっとタバコくさかったけど……胸も大きくて、可愛かった」

その後は根掘り葉掘り話を聞いた。八代はプロフィールに「童貞が好き」と書いていたり、遊び慣れていて、ネットで出会いを探している女に片っ端から連絡を取り、デートの約束を取り付けたらしい。

一回目ははるばる六本木まで出かけたというのにドタキャンされたまま音信不通になり、次にこういうことがあったらもうやめようと思っていたら、ノリノリな42歳のおばちゃんに自宅に招かれ、無事、コトを済ませることが出来たという。その42歳のおばちゃんは、自分よりずっと年下の学生や童貞とネットで出会ってセックスすることに命をかけていて、その記録を克明にツイッターに書いているらしいのだ。

「これが俺とやった時のその人のツイート」

八代が親指を動かし、ラインにツイッターのスクショを送ってきた。

「ご新規さん。仕事帰りの童貞君。肉体労働をしているらしく、胸の厚みがセクシー。乳首が感じるらしいので普段はMのお姉さんも、Sになりきって頑張った！　まだまだ経験が必要とはいえ、初試合としては合格ライン。ありがとね」

ユーザー名に「ねね@童貞ハントFカップ」と書かれ、アイコンは深い胸の谷間。Fカップというのは、全体像を見た時に一体どんな大きさなんだろう、と思ったら、なんだかまた八代のことが疎(うと)ましく思えてきた。

自分のスマホでツイッターを開き、ねねさんを探してツイートを読んでいくと、すごい。毎日いろんな人に連絡を取って、セックスしている。

「今日は既セクの青学生。基本的にお代わりしない派なんだけど、この子は話が合うんだよね。サークルの内輪もめの話を聞いて、自分の学生時代を思い出しちゃったなー。普段は喜怒哀楽が出ないのに、ベッドの中では女の子みたいな声を出しちゃうのは私だけが知ってる秘密」

「ティンダーで出会った素人童貞の23歳美容師。私は素人枠に入ってもいいんだろうか……（汗）？　ちょっといじり方が乱暴で、左乳首がじんじん痛いけど、髪の毛洗ってくれたのは最高。プロ技」

「今夜はツイッター案件。一発目のＤＭから『オフパコさせてください』って突撃してくれた中央大法学部の二年生。そのストレートさにおされました。司法試験勉強頑張れー！　また会おうね」

「僕もこの人に童貞もらってほしいな。連絡してもいい？」と思わず言うと、八代は「バカヤロウ、俺たち穴兄弟になっちゃうだろ。それだけはやめろ」と言って、僕の手からスルッとスマホを取り上げ、ねねさんのアカウントをブロックしてしまった。

——@××××さんはあなたをフォローしたりあなたにメッセージを送信したりできなくなります。また、@××××さんからの通知は表示されなくなります——

あーあ。ねねさんという人に、僕も会って顔を見てみたかった。こんなふうに頻繁に自分より若い子とセックス出来るなんて、一体どんな人なんだろう。なんか楽しそうな人生だな。

八代は焦った顔で念を押してくる。

「お前がねねさんと会うことになって、万が一にでもガチな恋愛になっちゃったら、俺が複雑な気持ちだろ！」

「確かに。それに、裏アカの人に素性が知れるのも危険だよね。身バレしたら、会社や大学に嫌がらせとかされるかもしれないし」

「そうそう。俺も、童貞をもらってもらったとはいえ、もう連絡するつもりはないよ。あの人のことはいい思い出にして、次は本当に好きな人とヤろうと思う」と八代がツバを飛ばしながら喋る。汚いな。童貞を卒業しても、人間として全然成長が見られない。

「でも42歳って結構おばさんじゃない？」と素朴な疑問をぶつけてみる。42歳……もうほとんど50じゃないか。いや、それは言い過ぎか。それにしても、自分より20も上のおばちゃんとヤって、気持ちいいのか？　初めてがそれでもいいのか？

僕の悪気のない一言が八代には気に障ったらしい。

「うるさいな。めちゃくちゃ若く見える42歳なんだよ！」

「何歳くらいに見える？」

僕も追及の手を止めない。

「30歳くらいには見える！」と八代が応戦。

30歳でも、僕にとっては未知の世界だ。30歳の女性なんて、周りにいないから、30歳の女と20歳の女の見た目がどれくらい違うのかもわからない。だから、正直にこう言った。

「でもさあ、30歳も結構おばちゃんじゃない？」

「やかましいわ」

これ以上言うと本気で八代を怒らせてしまいそうだったから、質問の角度を変える。

「セックスしたら、世界は変わった？」

僕の質問に、八代は少し考えてから答えた。

「……工藤だから正直に言うけど、変わらないな。なんか、頭の中の知識と実体験が『これか！』『これか！』って結びついていく感じはあったし、気持ちよかったけど、無駄に頭使う。自分の気持ちよさだけじゃなくて、相手が気持ちいいかどうか考えなくちゃいけないから、オナニーより難易度高いなって思っちゃった。まぁ俺は、全部ねねさんの指示通りに動いただけで、完全にマグロ状態だったわけだけど」

「とはいえ、八代、ちょっと大人になっちゃったね」

そう言うと、八代は嬉しそうににんまりした後、ブラックコーヒーを飲み干した。そして、「大人ってなんなのか、よくわかんねーな」と、キザなことを言った。

それからしばらく、お互いの近況を報告したけれど、八代の童貞卒業以上のニュースを僕が持ち合わせているわけがなく、なんとなく話が盛り上がらなかったし、そのうち店内に子連れの客が増えてきたので、そろそろ解散しようとなった。

昼から仕事だという八代と別れて、僕はしばらくその辺をぶらぶらして、スーパーで母親に頼まれた天かすと卵とおたふくソースを買ってから帰った。今日の夜はお好み焼きらしい。

僕の日常は相変わらず代わり映えしない。これからも変わることなんてないだろう。

家に帰って、八代の童貞卒業について、延々と考えていた。あんなに童貞を捨てたいと思っていた僕だったけど、口ではずるいとか羨ましいとか言いながらも、実はそこまで羨ましさを感じてはいなかった。そう気づけたのは、一瞬の熱狂と、裏切りへの絶望が過ぎ去り、冷静になってからだ。八代に対する僕の正直な気持ちは……なんだろう。憐憫（れんびん）？

得意げな八代の顔を思い浮かべながら、僕は八代がこれから付き合うであろう女性に思いを馳せていた。その女性は、童貞を無理やり捨てて、テクニックを身に付けた八代とのセックスが果たして嬉しいんだろうか。もしかしたら、何もわからないところから、一緒に探り探り上達していくほうが嬉しいんじゃないだろうか。というか、僕は八代の彼女でもないのに、なんだってこんなことを考えているんだろう。

ああ、そうか、美香さんが言ってたんだっけ。

「たった一回の初めては、大好きな人にあげたほうがいい。もらうほうも嬉しいからさ」

聞いた時はそんなことないと思いながら、適当に返事をしたけど、いつのまにか頭の奥に住み着いてしまった。不器用な僕は女の子と何度かそういうことをしたところで、そうテクニックが上達するわけでもないだろう。それなら僕の初めてに価値を感じてくれる人を探したほうがいい気がする。これこそ童貞的思考だと思ったけれど、どちらにせよ、今のところ僕の童貞は誰にも脅かされていないのだから、気長にチャンスが巡ってくるのを待てばいいだろう。

お好み焼きを食べたあと、テレビを見ながらごろごろしていたら、また美香さんから連絡があった。この人の連絡は気まぐれだ。規則性がまるでない。女って本当にわからない生き物だ。こんな生き物を将来的にも攻略出来る気がしない。とはいえ少しでも女の人とやりとり出来るのは嬉しく、僕の気持ちはあっちにいったりこっちにいったりとふわふわと漂っている。

「童貞君はいつも何してるの？　大学に行く以外のこと。アルバイトとか、趣味とか」

「男友達とたまに遊びます。仲良しがいて、いつも連絡取り合ってるんです。あとは将来やりたいことがあるので、そのためのこととか」

「将来何になるの？」

「画家を目指しています」

嘘だった。美大にも行っていないのに、画家になんてなれるわけがない。画家になるための特別な何かなんてしたことなくて、ただ趣味で絵を適当に描いているだけ。けれど美香さんの前では、夢に向かって一生懸命な大学生を演じてみたかった。

「すごいね！　画家！　周りにはいないわ」

「絵を描くしか取り柄がないんです」

「頑張って。将来の画家さんとメッセージのやりとりしてるって嬉しいな」

「なれるかわからないですけどね」

「なれるよ。将来何かのメディアにのったら教えてね」

何かのメディアに……のることがいつかあるんだろうか。そんなふうになったら嬉しいけど。ないだろうな。この僕にそんな未来があるわけない。

「どんな絵描くの？　見せてよ」

「いや、恥ずかしいです」

「でも画家になったら、いろんな人があなたの作品を見るんだよ？」

「じゃあ、あとでツイッターにのっけますね」

「うん、楽しみにしてる」

引き出しの中から雑に積み重なっているスケッチブックを引きずり出して、その中から黒猫の絵を選んでツイッターにのっけた。

「今アップしましたよ」

ほどなくして「え、めっちゃうまい！」とＤＭが返ってきた。

「そんなことないです」

僕の絵なんてただの落書きだ。親だって褒めてくれたことがない。

母は僕の落書きを見ると「毎日絵なんて描いてないで、就活の時に言えるような活動やりなさいよ」と言う。ちょっと絵がうまいくらいじゃ、社会では何の役にも立たないよ。あんたの絵は確かにうまいけど、ちゃんと習ったこともなければ美大にも行っていない。プロなんかには絶対なれない、って。

そんなだから、美香さんのあたたかい言葉がほくほくと胸の中に残った。

いつもより早くベッドに入る。

布団をかぶると、また美香さんの言葉が蘇ってきた。美香さんの中で、僕が「将来の画家」になっていることが嬉しかった。

翌朝起きたら、ツイッターが大変なことになっていた。

猫の絵が三百リツイートされている。

三百リツイートって一体どういうことだろう。最初は、ツイッターの表示がバグってるのかと思った。裏アカのフォロワーなんて、美香さんを含めて昨日まで八人だったはずなのに、いつのまにかフォロワーも五十三人になっている。

返信欄を見ると、たくさんの人から「この絵めっちゃリアル！」「すごくうまいですね」「他の絵も見せてください」などのリプライが来ている。急いで、美香さんにDMを送った。

「美香さん、なんだか話題になっちゃってます、僕の絵」

「実は、私のリアル友達に結構フォロワーが多い人がいてさ」

「アルファツイッタラーってやつですか」

「フォロワー数が多い人のこと、そう言うの？　とにかく、その人にナオ君の猫の絵見せたら、リツイートしてくれたみたい」

「三百リツイートとかウケます。今人生で一番注目されてます」

「ね、ナオ君やっぱり才能あるんだよ。ナオ君のことリツイートしてる、『暇な医大生』って人いるでしょ。その人、私のリアル知り合いなの。私が裏アカ持ってることはその人には言ってないから秘密なんだけどね」

そんなやりとりをしている間も、スマホはブルブルと鳴り続ける。リツイートの通知が三百にとどまらず、どんどん増えていくのだ。あまりにスマホの振動がせわしないので、恐ろしくてツイッターの通知を切った。それにも拘わらず、手にはまだ震える感覚が残っている。鳴り止まない振動が、今、僕の人生を揺らしている気がした。

僕は今何か大きなもの……逆らえない渦(うず)のようなものに、ぐるぐるとのまれていきつつあるんじゃないだろうか。一体これから何が始まるんだ?

裕二　　　　　　　21歳

暇な医大生

面白きこともなき世をおもしろく。
精神科希望

朝の情報番組で、「ネットで話題の猫画の人」という特集が流れている。作者は画面越しにもったりした印象を醸し出している、千葉県に住む20歳の大学生だそうだ。全く朝にふさわしくない顔だな。こいつ絶対童貞だ。童貞君は、数年前から鉛筆画に目覚めて、主にストレス発散として絵を描いていたそうな。

「ツイッターで知り合った人に、画家になりたいと言ったら、絵を見せてと言われたので、その人に見せるつもりでアップしたんです」

落ちてくる前髪をおさえながら、もごもごと喋っている。

これがあの絵の絵師かぁ。こんな冴えない男が一夜にして有名人になってテレビの取材を受けているなんて、ちょっと嫉妬してしまう。

おい、テレビの中のお前、俺にちょっとは感謝しろよ。お前の絵の話題に最初に火をつけたのは俺だからな。

それにしても。

右手をちょちょっと動かすだけで、人の運命を変えてしまう力を俺は手に入れてしまったということか。左手に持ったスマホの青い画面を覗く。フォロワー数、八万人。戦闘力のようなその数値を俺は誇らしく感じている。

本名も顔も出さず、アイコンはネットで拾った白衣の医者の写真をちょっとだけアプリで加工したやつ。それで小ネタをつぶやいていたら、いつのまにやらこんなにもフォロワーが増えた。

小ネタって言っても、どこかで話題になったネットのネタを再加工したり、誰かがつぶやいている面白いネタをそのままもらうだけ。ま、いわゆるパクツイって呼ばれるやつだけど、ツイッターの海の中にある無限のツイートの中から面白いネタを厳選しているのは俺なのだから、フォロワー八万人はほぼ俺の手柄と言ってもいいんじゃないだろうか。普通にパクっていたって、フォロワー五万超えはなかなか難しい。俺はさらに三万のっけて、八万人だ。八万人にツイートが見られていると考えると、俺はそこら辺の街を歩いているやつよりよっぽど価値のある人間だという気がしてきた。

目の前で半目を開けてぼうっとしている42歳の、乳首が伸びているおばさんは、俺がフォロワー八万人の有名人であることを知らない。俺が「暇な医大生」の中の人だということは、仲良くなった人にだけ打ち明ける特別な秘密なのだ。医大生という名前と白衣のアイコンで本当に医大生だと思っている人もいるけれど、違う。大学は少々名の知れたところとはいえ、その中の最底辺学部。俺がいるのは「バカ商」と呼ばれる商学部だ。

大学は退屈だから、何か変わったことをやってみたくて、この仕事を始めた。俺の生活の半分は大学生、そして半分はデリバリーホストだ。メディアによっては出張ホストとも呼ぶかな。

乳首おばさんはデートコースからのリピーターで、ひと晩五万円で俺を買った。自宅へのデリバリーはNGになっているから、一泊分のシティホテル代もおばさん持ち。お金は前金制で、半分が事務所の手数料、半分が俺の手取りになる。ツイッターとデリバリーホストには共通点がある。人を手玉に取ることだ。

ツイッターは、最初は自分でいろいろつぶやいていたけれど、ある日、有名ツイッタラーのツイートをパクったら、みるみるうちにリツイートが伸びていって、それ以来、病みつきになって、パクり始めた。フォロワー数が一万人以下の、そこそこ人気がある――とはいえ有名ではないツイッタラーのバズったネタを少しだけ加工してつぶやくと、リツイートは結構伸びる。フォロワー数が、狙い通りに膨らんでいくのを見るのは楽しかった。

デリバリーホストは、自分の脳みそと体を使わなくちゃいけない分、多少骨は折れるけれど、ツイッターと一緒で、俺が「こういうことがウケるだろう」と思ったものはたいてい相手のツボを押さえている。

この仕事をする前は、男を買う女に偏見があって、デブとかブスとかモテない女ばかりが俺を買っていくんだろうな、と思っていた。とはいえ怖いもの見たさと高給の魅力が勝ち、覚悟の上で応募した。けれど実際は、そこまでひどい女は少ない。欲求不満の人妻だったり、デート慣れしていない女子大生だったり、利用パターンは様々だ。

「キレカワには友達営業、デブスとババアには色恋営業」が俺の信条。

キレカワは「綺麗・可愛い」の略。つまり、自分に自信のある女には友達っぽく対応すると、「なんで私に夢中になってくれないの？」と意地になってリピートするし、逆に、ちょっと自信のない女には、優しく甘い言葉をかけて恋人っぽく接すると、反応がいい。経験から、仮説を摑み、反復し、立証する。デリバリーホストもツイッターも、表面的には違っても、根っこの部分のゲーム性が俺にとっては同じなのだ。どうやら俺は、人の心を弄ぶのが好きらしい。弄ぶっていうのは人聞きがよくないな。ただ、「こうだろう」と思った方向に、誰かの心が動くのを見るのが好きなんだと思う。

今日俺を買ったおばさんは、乳首とお腹のたるみが多少気になるものの、顔は可愛くて30代に見えたし、肌はしっとりとして吸い付くようでFカップの胸もふわふわとして触り心地がよかった。感度も十分よかったし、なかなかいい試合をさせてもらった。外見は気が強そうに見えるのに、ベッドの上ではMっ気があるところもタイプだ。

この女は、バリバリ働くバリキャリ系で自分に自信がありそうなので、俺はデート中、適度に甘さを含んだ友達営業を貫き通した。

女は思った通り意地になって、リピートしたよね。全て狙い通り。

厳密に言うと、デリバリーホストの仕事で「挿入」は法律にひっかかるから、最後までヤったらダメだ。まあ、俺は今のところ自分に都合よく使い分けてるかな。盛り上がっちゃったら「ここから先はプライベート」という扱い。まだ信頼出来ないと思ったら「ルールだからね」と相手をいなす。

今日に関しては役目は十分果たしたので、帰る準備を進める。といっても、ワックスで適当に髪の毛をなでつけて、歯を磨いただけだ。そして、バッグの中に寝ている間に充電しておいたスマホをいれた。

ホテルの部屋の中でバッグから出して、外に置いてオッケーなのはこのスマホと充電器だけと決めている。あとは、ハブラシもワックスも使う時にバッグから出して、使い終わるといちいちしまう。何か出しっぱなしにして、万が一にでもホテルの部屋に忘れてしまうと、まずいからだ。仕事前に外しておいた腕時計も、バッグの内側のポケットから出して装着した。財布、時計、充電器、全部ある。よし、忘れ物ナシ。

おばさんが「ごめん、お水取って」と言ったので、ベッドわきのテーブルに置いてあったペットボトルを手渡した。音を立てて水を飲む様子は、とても幼く見える。

「めちゃ喉渇いちゃった……」

「だよね、ホテルって、乾燥してるよね」

女の人の起きたての姿は大好きだ。すっぴんの肌にボサボサの髪。無防備で、嘘がなくて、清らかで。ベッドの中で乱れている姿より純情で、好きかもな。すっかり警戒がとけて疲れたような、それでいて満たされたような顔。

朝の6時半だというのにまだ部屋の中が暗いのは、季節のせいだけではなくて、窓が小さいせいもあるだろう。ホテルのランクはベッドの柔らかさと窓の大きさで決まると俺は思っている。今日のホテルは悪くはないけど、良くもない。

俺の見ていたニュースをぼうっと見ながらペットボトルの水を飲んでいるおばさんを片手で抱き寄せ、優しくキスをした。起きたてだから、舌はいれない。

「そろそろ行かなくちゃ」

「もう？　まだこんなに早いよ？」

「今日は授業の日だから。学校行く前に、家に資料取りに帰らなきゃいけないの」

大学生という身分は、都合よく使えてちょうどいい。

「また会いたいな。いつでも呼び出してね。ほんじゃ！」

「またご利用ください」ではなく「また会いたいな」と言って、彼氏感を出す。お決まりの挨拶だ。

名残惜しそうに、相手の目を見ながらドアを開け、部屋を去り、エレベーターでロビーへ。セルフサービスの無人朝食ビュッフェの横を通り抜け、自動ドアを通り過ぎると、早朝のひきしまった空気を深く吸い込んだ。

スマホを取り出して「終了しました」と完了連絡を電話で入れる。何かあった時のために、「イン」と「アウト」の時は必ず社長に電話する決まりだ。スマホのアプリを使って位置情報も常に共有して、どこで仕事しているかちゃんとわかるようになっている。

恭平さんはいつも四コール以内に電話を取ってくれる。

「終わりました」と報告すると、おつかれ、ごくろーさん、と俺を労ってくれた。

「はい、あざしたー。帰って寝ます」

俺の登録しているデリバリーホスト会社のボスである恭平さんは、この業界でもう長い。俺が一番信頼している大人の一人だ。自宅にも何度も招いてもらっていて、ご飯も何度もご馳走になった。奥さんのユカさんの手料理はいつも凝っていて美味しい。牛すね肉の赤ワイン煮込みとか、野菜のテリーヌとか、レストランで食べるような本格的な料理がいつも出てくる。

ちなみに恭平さんはユカさんに自分の本当の職業を言っていない。人材派遣会社の社長ってことになっていて、俺はフットサルサークルで知り合った後輩っていう設定だ。

恭平さんは、経営者でありながら、数時間のデートコースでまだまだ現場もこなしている。さすがに泊まりで入ることは俺よりは少ないけれど、人手が足りない時は、たぶん泊まりの営業もやっているだろう。40代なのに月間の人気ランキングのトップ5に常にいるのは、おそらく「クロ」をしているからだと俺は見ている。クロというのは、表向きには禁止されている挿入もしている、ということ。

「クロ営業」は一般的には悪いことだろうし、奥さんのいる身で不倫ではないかという意見もあるだろう。けれど、それは現場を知らない部外者の意見だ。うちのサービスを使う女の子は多かれ少なかれ、病んでいる。病んでいるという言葉は適切ではないかもしれない。生きていくのに必要なものは人それぞれ違うのだ。食べ物や空気がないと生きていけないのと同じように、男がいないと生きていけない人種もこの世にはいる。そんな人たちの孤独や欲求不満をこの体で受け止めるには、時に一線を越えることも必要になる。挿入してあげると「ありがとう」と言って泣く子だっている。そういう子たちは、異性に欲情されることで救われるのだと思う。その救いと引き換えに、俺が生きている上でおかす罪が全て許されたような気になる。

その世界を俺に教えてくれたのは他でもない恭平さんだ。恭平さんの生きざまを間近で見たおかげで、俺は、遊びのつもりで始めたデリバリーホストを一生の仕事にするのもありかな、と思っている。疲れている女性たちが、自分と会うと元気になっていく姿にはやりがいを感じる。まあ、この仕事は体が反応しなくなったら終わりだから、健康を保つ努力はしないといけないけど。

恭平さんがユカさんに仕事のことを打ち明けられない心境は俺にもわかる気がした。俺は結婚してないけど、夫婦だからといって何もかもをオープンにすることがいいとは思えない。俺だって、もしも俺の彼女がそんなことをしていたら死ぬほど嫌だもの。

そういえば、ワイドショーで取り上げられていた猫の絵はユカさんがフェイスブックでシェアしていたんだっけ。ユカさんはツイッターでは発信はしていなくて見る専としてだけ使っているそうだ。そして、たまにフェイスブックで近況を更新している。ユカさんの更新はレアだけど、その分目立つ。

この間は、ユカさんが、一か月ぶりの更新で猫の絵をシェアしていたので「可愛いですね」とコメントした。すると、猫の絵師が知り合いだそうで、「ぜひシェアしてあげて」と言われたので、ツイッターで八万人のフォロワーに向けてシェアしてあげた。

一度酔っぱらった時に、うっかり恭平さんとユカさんの前で俺が管理している匿名ツイッターアカウントのことを喋ったことがあったのだ。それ以来ユカさんは、俺に一目置いてくれている感じがある。だから、正直言って俺の影響力を見せつけたいという気持ちもあったのだ。何気なくやったこととはいえ、あんなにハネるとは思わなかった。

猫の絵は俺のツイートをきっかけにどんどんリツイートされていって、絵師は瞬く間に有名になった。俺はたった一ツイートで一人の人間の人生を変えてしまったのだ。しかし、絵師が有名になっただけで、俺の功績は誰も褒めてくれなかった。一人だけ「あの猫の絵の人、暇な医大生さんのおかげで有名になりましたね」とツイッターで話しかけてきた人がいたけれど、たった一人だけなんて信じられない。世の中はなかなか俺の影響力を認めてくれない。世知辛(せちがら)いな。

駅に行く途中、近くのコンビニで水と飲むヨーグルトを買った。お疲れ様の一杯というやつ。仕事に入る前に、必ずバッグの中に５００ミリリットルのペットボトルの水を一本入れていくけれど、仕事が終わる頃にはしっかり飲み切っていて、体がカラカラになっている。ベッドの上で多少の運動をするせいもあるけど、ホテルの部屋はたいてい乾燥しているし、これは俺の勝手な考えだけど、少なからず心が渇いている人に接しているせいで、俺の潤い、吸い取られちゃうんだよね。肌からも水分が抜かれたような気持ちになるのは、物理的な理屈だけじゃないと思う。こんなオカルトなこと、恭平さんに言っても全然共感してもらえないけど。

コンビニを出たところで、ペットボトルの蓋を開ける。

常温の水のほうが吸収されやすいので、それを一気に半分くらいゴクゴクと飲んでから、飲むヨーグルトで糖分を補給した。仕事終わりのこの一杯が俺はたまらなく好き。空になった飲むヨーグルトのパックをゴミ箱に放り投げ、歩き出した。

朝は街の空気がまだ壊れていない。どことなく冷ややかで、悲しそうにも見える空の青が白い光と混ざり合っている。この切ない空の感じ、好きだなぁ。遠くのほうにスカイツリーがうすぼんやりとそびえたっている。

一瞬見とれた空をスマホで撮った後、地下鉄に乗った。

人形町にあるビジネスホテルから日比谷線で乗り換えなしで恵比寿駅へ。混んでいない場合に限るけど、朝の電車も好きなものの一つ。土日の7時台の電車は、なんだか平和でいい。みんなうつむき加減でスマホを見ている中で、俺はスマホを見ているフリをしながら周囲を見渡す。それぞれの人生を送っている見知らぬ他人の中に、ひょいと観察者気分で交じるのが好きなのだ。

恵比寿駅前のコンビニで、バラチラシ弁当とキシリッシュを買い、徒歩十五分のワンルームへとひたすら歩いた。うちのマンションは、まあよくある普通のマンションだ。特徴なんてない。グレーがかった白い外壁に、オートロックのドア。二十一階建ての七階、７０２が俺の部屋。

一日ぶりに部屋に入ると、まずは窓を開けて空気を入れ替えた。数日分たまっていた郵便物を机に置いて、洗面所で手洗いとうがいをする。外から帰ってきたら必ず手洗いとうがいをするのは小さい頃からの習慣だ。

机の上が多少雑然としてはいるものの、男の一人暮らし部屋としては、綺麗なほうだと思う。

恭平さんと出会った時は、埼玉の実家から大学に通いながら、渋谷で居酒屋の客引きバイトをしていた。そこにたまたま通りかかった恭平さんが俺をスカウトしたってわけ。恭平さんが連帯保証人になってくれたおかげだけど、自分の稼ぎで都内にワンルームを借りられている今の身分が俺はたいそう気に入っている。デリバリーホストの給料だけでも十分暮らしていけるけれど、社会勉強を兼ねてアルバイトもいくつかしているのだ。これも、観察癖なのかもしれない。ひょいと入った場所で、あくまでそこには属さず、いろいろなものを観察する。

ホスト業のほうのお客さんと鉢合わせしないように、あんまり表立った仕事は出来ないけど、スーパーで試食を配ったり、どっかのオフィスに行ってトイレ掃除をしたり。

ホストとバイトの共通点は普段の自分とは別の人格になれること。普通の大学生の俺が、女の人に会う時は「プロのデリバリーホスト」だし、試食を配る時は「スーパーの人」だし、トイレ掃除の時は「掃除屋」だし。あっちで大切にされたり、こっちでぞんざいに扱われたりと、一日のうちにいろんな扱いを受ける。そのこと自体が貴重な社会勉強だ。俺は俺で、客に対していろいろ感じているけどね。

デリバリーホストを始めたばかりの頃は、お金を払ってまで男とヤりたいなんてみじめだな、と女性客を見下す気持ちがあった。けれど、やっているうちに気持ちがどんどん変わっていった。彼女たちはみんな、性欲に溺(おぼ)れる愚かな女たちってわけではない。大都会で大勢の人に囲まれながら、人に怯えていて孤独な羊たち、かな。片想いのような気持ちでいつも東京を見ていた俺にはわかるんだよね。この街は、いるだけで寂しくなってしまうことがあるって。みんな単純に寂しいんだよ。俺の顧客には、ちゃんとした身分の人が多い。彼女たちは教育を受けて、ちゃんと働いていて、真面目だ。

普段頑張り屋の人ほど人に甘えちゃいけないという気持ちがあるけど、お金を払うことで、サービスだからと逆に人に甘えやすくなるらしい。

場数を踏むうちに、俺は自分のことを、体を使って女の人を癒すセラピストのようだと思えるようになった。こういう形で女の人の心を癒してあげられる人って、あんまりいないんじゃないかな。他のホストを見ていても、俺みたいに誰かを癒そうという気持ちでお客さんに接している人は少なくて、みんなお金目当てでやっているみたいに見える。俺だってお金は欲しいけど、それ以上のものを持ち帰ってもらいたいと、プロ根性みたいなものはあるつもり。

女の人は、心が開くと体も開く。セックスのテクニックを下手に磨くよりも、会話の能力を磨いて、いろんな話を引き出したほうが体の反応がよくて、いいセックスが出来る。だから最近の俺は、心理学や会話術の本もたくさん読んで、この仕事で結果を出せるように頑張っているのだ。ようやくここ最近、月間の人気ランキングではほぼトップ。このまま大きく他のホストたちを引き離して、俺の名前をこの狭い業界にとどろかせたい。

こんな裏稼業でてっぺんを目指すなんて、まっとうな仕事をしている人から見たら、馬鹿馬鹿しく見えるだろう。けれど、小さな世界でてっぺんも取れないようなやつに大きなことは出来ないと思う。俺が今出来るのはこれだけなんだから、とにかく、今はこれに打ち込む。

あとは、ツイッターでフォロワー十万人を目指すのが直近の目標といえば目標かな。

俺はツイッターを回遊してパクれそうなツイートを見つけ、いくつかのネタをコピペして下書き保存した。自分が読んでる心理学の本や会話術の本から得た気づきをツイートすることもある。

しばらく面白系が続いたから、今日は恋愛系の何かをつぶやこうかな。下書き保存したものの中から、恋愛のつぶやきを探し出す。

「恋愛で大泣きしたことのある人は、みんな心が優しい」

どこかの女性ツイッタラーのツイートだったと思う。元ネタは特にブックマークしているわけでもないから、すぐに忘れちゃうけど。つぶやくと一時間ほどで、百リツイート、六百いいねがついた。調子がいいとすぐに千リツイートいくので、今回は、あんまりウケがよくなかったか。

けれど、恋愛系のつぶやきをすると女性ファンからＤＭやリプライがたくさん来る。みんな俺が医大生というのを本気にしていて、架空の俺に恋しているのだ。

「未来のお医者さんなんですね、すごいです」

「暇な医大生さんに、診察してほしいです」

「オフパコ希望です！　写メ送ります」

ＤＭを開くとこんなメッセージが山のようにたまってる。たまにこの中から、可愛い子を選び出して、遊んでしまおうかなと思うこともあるけれど、仮にもデリバリーホストとして、お金をもらってセックスをしているのだから、プライベートでも安売りしちゃダメだと今のところとどまっている。

それにしても。架空空間でも現実世界でも、俺は疑似恋愛を提供しているのが面白い。戦略を立てなくても気が付けばこうなっていたわけだから、これはもしかしたら俺の才能かもしれない。

そんなことをぼやぼやと考えていたら、恭平さんからライン。

明日の夜に仕事が入った。エッチなことなしで純粋なデート希望のお相手だ。デートの場合は、一緒に食事して、手をつないで街を歩いて、もしも盛り上がったらキスまでして、次回はひと晩コースにつなげる。最初にデートで始まる客に関しては、一回で体の関係を持ったらダメだ。ゆっくりと心を開いて、それから体の関係に持ち込む。

恭平さんから、客の情報……年齢、趣味、好きな食べ物などのプロフィールシートも送られてきたので、食べながら見ることにした。

コンビニで買ったバラチラシを部屋の白いテーブルに乱暴に載せ、冷蔵庫から取り出した2リットルの烏龍茶片手に食べ始める。卵ばかりのバラチラシは、安っぽい味だけどそれなりにうまい。俺は一心不乱に箸を口に運んだ。退廃的な気持ちが、腹が膨れていくのと同時に、徐々に薄れていく。

食べ終わってまだ少し胃の余白を感じたので冷蔵庫をあさって、チョコバーを見つけた。賞味期限を確認してからガリガリと齧っていると、恭平さんからまたラインが入った。

「そういえば半年に一度の面談がまだだったから、面談もかねて、今夜飲まない？」

ぜひ、と打ち返す。形式程度のものだったけれど、デリバリーホストの会社では半年に一度、面談があるのだ。これは、ホストが店をすっ飛ばして客と直接やりとりをしてしまうことを防ぐためだろう。たまにそういうやつがいるけれど、必ず後でトラブルになる。客がストーカー化してしまったり、逆にゆすられたりね。店を裏切ることは恭平さんを裏切ることになるわけだし俺自身はそういうズルは考えたこともなかったけれど。

「今日、恭平さんはシフト入ってないんですか」

「客が風邪ひいてキャンセルになった」

「この時期多いですね」

「まあね。でも、当日キャンセルでも半額は入ってくるわけだし、ちょっと俺も体力きつかったから助かった。最近、酒飲むと勃ちが悪いんだよなぁ……。何食べたい？」

「今、魚食ったばっかりなんで、肉食べたいっす」

「了解。予約したら、また連絡します」

しばらくしたら、食べログのリンクが送られてきた。六本木にある高級焼肉店の名前が書いてある。


その日恭平さんが連れて行ってくれたお店は、テーブルごとに作り物ではなく本物の薔薇が飾ってある、高級個室焼肉店だった。ひるむほどにうやうやしい接客や装飾品の値段はそのまま、料理の値段にプラスされているはず。

普段からそう強くないアルコールに酔い、気が大きくなった俺は、今日、初めてデリバリーホストで一生やっていきたい気持ちがあることを恭平さんに告げた。恭平さんは、ありがたいことだけど、素直には喜べない、と言った。お前は、女房・子供にちゃんと堂々と説明出来る仕事につけ、せっかくいい大学を出るんだから、と。

喜んでくれると思った恭平さんの反応が微妙で、悲しかった。

とはいえ恭平さんは、今の会社では俺がエースだということを認め、辞めたくなったら早めに教えてほしい、と言った。俺の代わりを探すのは大変だからと。

恭平さんは、肉をどんどん焼き、自分ではあまり食べずに、俺の皿にどんどん載っけていった。

「恭平さん、あんまり食わないっすね」

「ん、まあ、年だからかな。食欲が最近、落ちた」

疲れ顔の恭平さんに、ユカさんと何かあったのか聞いてみたけれど、特に何もないということだった。

「俺のことなんかどうでもいいよ。それよりお前、大学の単位は取れてるのか？」

俺と恭平さんの唯一の共通の知り合いはユカさんだけなのに、恭平さんは、俺と二人でいる時には、あまりユカさんの話をしたがらない。俺が話をふると、わざと話題をそらすふしがある。恭平さんの摑めない感じは、どこか儚くて、時にすごく遠い。たとえるなら、恭平さんは俺らとは別の世界から来て、別の世界に帰っていくような、そんな雰囲気をまとっているのだ。

でも、恭平さんが特別というわけではなく、こういう人はたまにいる。こちらがどんなに自分を開いて近づいていっても、ある一定の距離からは近づけてくれない人。俺は恭平さんにだいぶ好かれている気がするけれど、そんな俺でも恭平さんとは心でつながれる感じがしない。

むしろ恭平さんとユカさんなら、会った回数が少ないユカさんのほうがよっぽど人間味があって、心の距離は近い気がする。ユカさんは一体恭平さんのどんなところに魅かれたんだろうか。

　今日は思い切って聞いてみた。

「恭平さんって、ユカさんのこと聞くと微妙に話題変えません？」

「そうか？　そんなこともないぞ」

「ユカさんとの結婚生活、幸せですか？」

「幸せだよ」

　そう答えた顔に感情がのっていない気がして、どうも納得がいかない。

「幸せってどんな感じですか？」

　もう一歩踏み込んで聞いてみると、恭平さんは、宙を見つめて、数秒止まり、それから言った。

「全部リセットしたくなるような感じかなー」

「リセット？　それって幸せなんですか？」

「ずっとここにいたいという気持ちと反発するように、ここから逃げ出したいという気持ちやこんなはずじゃなかったって気持ちが湧き上がるのが俺にとっての幸せなんだよな」

「それ、全然幸せじゃないじゃないですか」

「うん。俺はだから、幸せってあんまり似合わないんだよ」

「何かっこつけてるんすか」

「……っていう営業トークね。この年になると、こういう幸薄い感じの営業トークが、お客さんには刺さるわけよ。お前みたいな若いやつは、もっとカラッとしてたほうが好かれると思うけど」

恭平さんは、ユカさんの前では吸わないことになっているというタバコをくゆらせながら言った。出会った時に、ユカさんがタバコを吸う男は嫌いだと言ったから、そのまま「吸わない男」を演じ続けているらしい。

「なんすか、それー」

仕事も明かさず、タバコだって吸わないって嘘ついて、そんな結婚でユカさんも恭平さんも、幸せなんだろうか。別に、結婚の形は人それぞれでいいと思うけれど、偽りの自分を好きになってもらったところで、恭平さんは幸せなのか。そして、ユカさんは、恭平さんの嘘に気づいているのか、いないのか。ただ、ユカさんはきっと、恭平さんのことをなんにも知らないんだろうな。

いつもは一軒目を出てから、バーをはしごするけれど、この日はあっさり解散になった。

恭平さんを乗せたタクシーを見送ってから、俺はいつものように六本木駅に向かって歩き始めた。タクシー代として手渡された万札は、貯金の足しにする。

帰宅し、手を洗って部屋着に着替える。ベランダに干していた洗濯物を取り込み、ポケットに突っ込んでいた万札を、ベッドわきの不細工なクマの貯金箱にいれる。そして、冷蔵庫に入っているミネラルウォーターを一本出して、冷たい水を体にいれた。お酒を飲んだ後の水は体の奥を濡らすように染みていく。

そのままいい気分で、いつものようにツイッターを開くと、「私のツイートパクらないでくれますか」というリプライが飛んできていた。

誰かと思って、アイコンをタップして、タイムラインをさかのぼると、朝、ツイートをパクった女性ツイッタラーだった。

「恋愛で大泣きしたことのある人は、みんな心が優しい」ってやつだ。これは結局二百リツイートしかいかなかった。何万リツイートもされたならともかく、あんまりヒットしなかったしょぼいネタなのに、自分のだと主張するなんて、ださいにもほどがある。

おまけに、元ネタは俺より少なく、四十七リツイートしかされていない。俺がつぶやいたほうがリツイートされてつぶやきが日の目を見たのだから、どちらかというと感謝してほしい。こういうことを言うやつに限って、本人はブスで、デブで、どうしようもない人生を送ってるんだろうな。可愛くて恵まれている子は、大体大らかで、小さなことは気にしない。このブスはきっと、小さなことにクヨクヨしながら、たった数千のフォロワーを大事にして、鳴かず飛ばずのポエムを夜な夜な考えることに人生を費やしてるんだろう。人のツイート見てぎゃあぎゃあ抗議していないで、自分の人生を生きろよ。

その女の最新のつぶやきを見てみると、俺は名指しで糾弾されていた。

「この人にツイートをパクられました。通報をお願いします」

そしてそこにはリプライで「俺もパクられたことあります」「この人常習犯ですよ」「みんなで力を合わせましょう」などと、俺のつぶやきと元ネタのつぶやきのスクショを貼るやつらがたくさんぶら下がっている。

さっきまでのほろ酔いが急速に醒めていく。

「萎（な）えるなー……」

思わずそんな言葉が口を衝いて出た。

このゴミみたいなやつらは、夜中に一体何をしているんだろう。

そいつらのアイコンをタップしてフォロワー数を見ると、みんな数百人程度。多くても数千だ。弱小のお前らがよってたかってフォロワー八万人の俺を陥れようとするなんて十年早い。

俺は、そいつらを全員ブロックしていった。ブロックしてしまえば、そいつらは存在しないも同然。せいぜい勝手に、通報でもなんでもしてくださいな。人のツイートをくまなく見て、これがパクりだ、これの元ネタはこれだ、なんて特定しているやつらは、きっとみんな、揃いも揃って低学歴でうだつの上がらない人生を送っているんだろう。俺はツイッターを閉じて、シャワーを浴びて少し酒を抜いてから寝た。

翌朝起きて、何気なくスマホを開くと、ツイッターの通知がすごいことになっていた。昨日の夜の記憶が蘇る。

おそるおそるアプリを開いてみると「パクリ魔！」とか「パクツイ野郎！」とか、とにかく野次がすごい。俺は、ひどい言葉を投げかけてくるやつらを一人残らずブロックしてやった。ブロックというのは死刑執行感がある。タップするだけで、そいつが目の前から跡形もなく消えるのは快感だ。現実もこんなふうになってくれればいいのに。別に消したいほど嫌なやつがいるわけでもないけど。

リプライの中にまとめサイトのURLがあって、「パクツイ常習犯・暇な医大生のパクリツイート一覧」なるまとめが作られていた。そこには、これまでの何年か分の、元ツイートとパクリツイートが丁寧にまとめられていた。よくぞ俺すら覚えていない元ネタを見つけてきたものだ。誰かが言ってたな。ネットはバカと暇人のものって。それにしても面倒なことになった。

「暇な医大生」でエゴサーチしてみると、どうやら俺は今「炎上」しているらしかった。不思議なことだ。現実の俺は、ベッドでゴロゴロしながらスマホを見ているだけなのに、ネット上の俺は、次々に押し寄せてくる糾弾者によって火あぶりになっているっぽい。ネットの俺、おつかれさまです……。俺は俺の分身を憐れんだ。「暇な医大生」は俺じゃない。だから、ヤツがどんなに叩かれようと、俺自身は全く傷つかない。みんな、俺の「影」を叩いて、どうしようっていうんだろう。

炎上が長引けば、俺の正体を暴こうとしてくるやつもいるかもしれないけれど、身元がバレるようなヘマは一切していないから大丈夫だろう。このアカウントを俺が運営していることは、ユカさんと恭平さんくらいにしか言っていない。デリバリーホストの会員ページ以外にネットに顔写真を載せたこともない。本名をググっても、特に「暇な医大生」との接点はない。だから俺が「暇な医大生」だってことはバレるわけがない。

炎上というものを人生で初めて体験しているにも拘わらず、これ以上ないほどに冷静な自分に、自分自身が一番驚いている。知らないところで知らない人が俺のことで時間を無駄にしていると思うと一種の快感があった。

もう少し、心が傷つくものだと思ったけれど、きっとこういうので心を痛める人は、現実の自分とネット上の自分とをうまく分けられない人なんだろう。余裕で朝ドラつけちゃうもんね。俺は、冷蔵庫を開けて、ヨーグルトと水を取り出し、リモコンでNHKを選局した。

炎上しているということ以外は全ていつも通りの人生。

その日は半日、燃えっぱなしのツイッターを、対岸の火事を見る気持ちで眺めながら過ごした。罵詈雑言を見続けていると、さすがの俺も少し疲れたけれど、良い社会勉強になる。世の中には恐るべき量のバカがいることを、俺は今まで知らないで生きてきた。多くの人が自分の人生に一ミリも関係のないことで、たくさんの時間を無駄にしているのだ。

どうしてこうも一生懸命になれるんだ？　俺がパクツイしたことが、お前らの人生に一体どんな不利益をもたらしたんだよ？　むしろ俺のパクツイを楽しんでいるやつらが八万人もいるんだぜ？　俺を今攻撃している人たちは、八万人のフォロワーから「俺」という楽しみを奪うことの自覚ある？

ツイッターばかり見ていてもらちがあかないので、俺はツイッターを閉じ、洗濯物を干してから美容院に行った。髪を切り、新しい服を買う。気分転換の王道コース。俺がこうして平和な時間を過ごしている間にも、リプライの数はどんどん増えていく。通知をオフにしてはいるものの、騒ぎが大きくなっていることはぼんやりとわかった。

もちろん批判している人だけではない。フォロワーさんの中には親身になって「大変ですね」「応援してます」「いつも暇な医大生さんのツイート楽しみにしています」なんて言ってくれる人たちもいる。ほらね、俺の提供するエンタメは、楽しみにされてるんだよ。あとな、現実の俺は自分のことで忙しい。今夜も新規の客を一人、満足させなくちゃいけないんだ。一日中ネットにはりついて、俺を責めている人たちは、一体、何の仕事をしてるんだ？　仕事あんのか？　ニートなのか？

収入も顔も学歴もどうせお前ら、俺より下だろ？　ひがんでんじゃねーよ。負け組が。バカが。この社会の底辺が!!

――ということは実際にツイッター上に書いてしまうとまた面倒なことになってしまうの

で、心の中にしまっておくことにした。経験上、ネットイナゴとも呼ぶべき野次馬たちはみんな三日も経てば次の話題に乗り換えることを知っていた。

今夜のデリバリーホストのお相手は、美人とは言えないけれど、特別ブスでもない20代後半の女。銀座三越の前で待ち合わせる。事前のやりとりの通り、ピンクのワンピースを着ていた。厚手のタイツが少々野暮ったく、メイクもあか抜けていなかったけれど、俺はプロなので、雇われた時間は、相手をちゃんと恋人だと思って愛する。

「よろしくね」と営業スマイルでほほ笑むと、相手はうっとりした顔になった。手をつなぐと、驚いたのか一瞬体に緊張が走ったけれど、その後は向こうからぎゅっと力をいれて握ってきた。

俺は自分の目の前にある幕が開くのを感じた。

デリバリーホストの夜の、始まり始まり〜。

さてさて。ツイッター上の俺は、今頃、どうなっているのだろうか。

俺にはいくつもの人生があり、俺が望めばいつでも自由に行き来できる。

ひやりとした風が頬をかすっていき、通り過ぎる人たちや街の風景が、舞台装置のように見えてきた。東京はみんなが仮面をかぶって生きているみたいな街だと思う。だから俺は居心地よく過ごせるんだろう。

愛　　　　　42歳

ねね@童貞ハントFカップ

アラフォーのドMです。都内在住。
童貞さん、学生さんウェルカム。DM、
リプ、気まぐれだけどちゃんと返します

タバコと憂鬱はとても相性が良い。鼻の奥に、ツンとメンソールの刺激。営み中に、男の人の耳や乳首にそうっと息を吹きかけて刺激する時のように、口をすぼめてゆっくりと息を吐くと、目の前に白い煙が艶(なまめ)かしくたちこめる。

生きる実感を、みんないつ味わっているんだろうか。あるいは、そんなことを考える人のほうが少ないのかもしれない。煙のこもった喫煙室で、スマホ片手にツイッターを見ている時、私は少しだけ生きている感覚を味わう。

いくつかの芸能ニュース。議員がセクハラした話題。時事ネタに絡んだ面白ツイート。どこかで話題の絶品グルメ。ナンパ師たちの戦績報告。毎日変わっているように見えて、細部が少しいじられただけの代わり映えのない話題。

自分の人生とは関係なくても、観客だからこそ楽しめる。他人の日常ほど手軽な娯楽はない。私は、ツイッターで話題のニュースを目ざとく見つけてリツイートする人たちを何人かフォローしているので、その人たちが流してくれるものを通して、世の中と触れ合う。

裏アカのタイムラインにも、猫やアニメの絵は、結構たくさん流れてくる。ツイッターの住民たちは、そういうものが好きだ。うちにもテレビはあるけれど、最近はあんまり見ていない。ツイッターを見ていればほとんどの話題がわかるし、テレビが流していることは、大体ツイッターのほうが効率よく知れる。バラエティ番組やワイドショーのサビと言っていい面白い部分だけを切り取った動画がタイムラインに次々流れてくるのだ。それらの中から、さらに興味を持ったものはググったらいい。

ネット発の話題は、テレビで取り上げられた後で再度ツイッターのタイムラインに流れる。最近話題だったのは、大学生の鉛筆画家の子。美大にも行っていないのに独学で描いた絵が、ツイッターでウケてメディアに引っ張りだこらしい。

私も、その話題の絵を見ようと思って、アカウントを検索したら、相手からなぜだかブロックされていて見られなかった。なんでだろう。この人のIDに見覚えもないし、絡んだ記憶もないのに。

少し不愉快な気持ちになるけれど、深く考えてもわからないことなので、頭の中から追い出した。ツイッターのバグかもしれない。最近、いろんな人のアカウントが次々に停止になっていて、ちょっとした問題になっているみたいだ。差別的な言葉や「殺す」などの暴力的な表現がNGと聞いた。フォロワー数万人を抱える有名ツイッタラーのアカウントもあっけなく凍結されてしまったりして、独裁者に統治される小さな国の死刑強制執行を見ているみたいだな、と物騒なことを考えてしまう。だってツイッターって、そのまんまその人のネット上の人格だから。現実の私以上に、ありのままの私だったりするから。

どんなもんかと思って、何度か買ってみたデリバリーホストは、悪くはなかったけれど、もうリピートはしないだろう。可愛いイケメンではあったけど、若くてかっこいい素人なんていくらでもいるし。プロの技が体験出来るのかと思いきやあまりにも普通。むしろ下半身の愛撫が少なめで雑だったかも。これならツイッターで会う人たちのほうがよっぽど丁寧だ。それに、やたら話しかけてきて、うざったかった。

お金のやりとりが発生する性行為は元が取れたかどうかを延々と考えてしまう。やっぱり今後は素人オンリーでいこうっと。昨日買ったホストがくれた名刺をぽいっとゴミ箱に投げ入れた。ひと晩五万円＋ホテル代二万円。結構高くついてしまった。人形町のホテルなら、もう少し安くあがるかと思っていたけれど、渋谷や新宿のホテルと値段はそう変わらない。やっぱりコスパでいうなら、素人を家に呼ぶのが一番だ。

いつものようにスマホを開き、「ねね」に来ているDMに目をやる。

「はじめまして。年上女性、大好きです！」

「学生さんウェルカムということだったので、僕の童貞もらってくれませんか？　関西の大学の三回生です。就活でたまに東京いきます」

「東京のどこにお住まいですか？　もし近かったらお茶しませんか」

来てる、来てる。たくさん来てる。

舌なめずりするような気持ちで、全てのメッセージに返信した。年齢確認と出来れば写真を送ってほしいこと。イケメンより少し崩れてるほうが、私も遠慮なく乱れられるけれど、たまにはイケメンも食べたい。顔が良く、世の中での需要が高そうな男の子を抱くことは、自尊心を上げてくれるからだ。私は自分が吸血鬼になったような気でいる。うろ覚えだけど、吸血鬼は若い女の血を吸って自分の若さを保っているんじゃなかったっけ。私は血ではなく精液を摂取して、肌や心のハリを保っているのだ。

候補はたくさんいるものの、圭太というアカウントが今のところ一番気になっている。自称ナンパ師の彼は、ネットで女の子を引っかけてヤりまくっていて、成功率も高いみたいだ。落とした相手の写真や動画を、加工してうまくアップしているけれど、輪郭や体形から想像するに、かなり高いレベルの女の子も圭太に落とされている。

顔刺しが得意と書いているから、きっと顔はそれなりにかっこいいのだろう。実際に会ったことがあるらしいナンパ師アカウントも、「圭太さんはイケメンでした」と書いていたし。ためしに「40代は興味ないですか？」と私から思い切って誘ってみたら、「ぜひお手合わせ願えますか」と返事が来た。それ以来やりとりは止まっていたけれど、「いつにしますか？」とこちらから送った。

圭太からは、「来週とかいかがでしょうか」と連絡が来たのでラインを交換し、日時を決めて、地元の駅名を送った。

「この駅に私が迎えに行くので」

「わかりました！　楽しみにしてます」

即決。何も難しいことはない。目的が同じ相手との会話は早い。

つかの間の休息を終え、私は喫煙室を後にした。喫煙室の前の自動販売機で、冷たいアイスコーヒーを一本買う。

仕事で結果を出しても満たされなくなったのはいつからだろう。

女としての一番いい時期は全て仕事に捧げたような気がする。おかげで年収はもうすぐ八桁に届く。こんなふうに目的地が曖昧な生き方でいいのかと何度も自問したけれど、方向性のない自分を呪うのは30代でやめた。誰かと生きる人生は、自分一人の意思ではどうにもならないのだから、流れに任すしかない。40代に突入したら、覚悟も決まった気がする。貞淑で平穏な生活の可能性を手放すなら、奔放で刺激に満ちた毎日を送らなくちゃ損という気持ちが湧いてうずうずして、たどり着いたのが今の生活。

自分に課したルールは本気の恋はしないということ。恋愛感情は求めず、あくまで遊び。一応、まだ結婚も子育ても完全にはあきらめていない。ただ、残念なことに出会いがあまりないのだ。年下の遊び要員と出会うのと、本当に心から尊敬し、愛し合い、心も体も全部捧げられる人に出会うのとでは難易度が全然違う。

これまでに結婚に至るタイミングがまるでなかったかというと、そんなことはない。真剣な恋もした。あとちょっとで、という時もあった。けれど、なぜかタイミングを逃して、気づいたらこの年になっていた。本当に「気づいたら」としか言えない。仕事のせいでこうなったわけだけど、仕事があるのが不幸中の幸いとも言える。お金があるから、心の余裕がまだある。貯金額と毎月振り込まれる額を見ると、心が少し落ち着く。

仕事は怖いくらいに順調だ。今日は、総額三千万円のキャンペーンの競合プレゼンに勝ってきたばかり。広告会社の仕事は忙しいけれど楽しい。結果が目に見えるし、常に何かとの戦いなところがいい。無我夢中で前に進んでいる感じがある。

今夜は「祝杯をあげませんか」という同僚の誘いを断った。この年になると、会社のメンバーと飲みに行っても気ばっかり遣う。誰か年下のイケメンを呼んで、思いっきり体を解放しようかという考えも過ったけれど、思うところがあって自宅に帰ることにした。

席に戻ると、私はいくつかの私物をカバンに放り込んだ。

そろそろ、アレをやりたい。帰りにコンビニに寄ろう。

家までは電車で二駅。この二駅分、私はぼおっと人を眺めながら過ごす。車内のほとんどの人がスマホを眺めていて、私自身もツイッターを見ていることはあるけれど、ふと目線を上げると、目の前の世界のほうがよっぽどSNS的だという気がしてくるのだ。老若男女、様々な出で立ちで、それぞれの人生を背負って同じ電車に乗り込む。そして、私は、無意識のうちに人を選別している。世の中には、勝者と敗者がいる。その人の顔と形(なり)を見れば、どちらに属しているかは簡単にわかる。時にはイケメンに出会うこともある。目が合うと、長めに見つめてサインを送ってみることもあるけれど、そこから何かに発展したことはない。せいぜい、何度か視線を感じるくらい。もっとナンパに積極的な国民性であればいいのにね。男の子は、ネットで匿名で捕まえるほうがよっぽど楽だ。

駅から徒歩七分のタワーマンションに帰るまでに二つあるコンビニのどちらかで、私はいつも大量の食べ物を買う。

プライベートブランドマークがついた安いチョコ、新発売の菓子パン、スナック、肉まん、おにぎり、おでん。高いものは自分のために買わない。もったいないから。それは服でもバッグでも靴でもそうだ。身につけるものはとことん節約する。会社から近い場所に住むために家賃は多少頑張っているけれど、それ以外は節約第一主義。

コンビニの袋を二つ提げて家に帰るとテレビをつけて、チャンネルを適当なバラエティ番組に合わせて、コンビニ袋を抱えて座った。ここからが私の楽しく、そして苦しくもある自分時間だ。

袋から出したものを目の前のテーブルに並べ、片っ端から封を開けて食べまくる。まずはおかず系。最悪、体内に吸収してしまっても罪悪感が少ないやつ。

おでんの白滝、大根、はんぺん。その後におにぎり。

この辺でやめたら胃袋的には適正量で、一般的なOLの食事風景となるんだろうけど、私の場合はここからが本番だ。

新発売の菓子パン。ポテトチップス。続いてチョコレート菓子。最後にアイスクリームを食べて、まだ足りなくて、冷蔵庫に向かう。

大したものはないけれど、賞味期限の切れそうなパンにマーガリンを塗りたくった。トーストする間ももったいなくて、一気に口に押し込む。

だんだんとお腹が苦しくなってくるけれど、食欲だけに支配されていることが気持ちよくてたまらない。胸の下、みぞおちあたりに胃のふくらみを感じて、もうこれ以上詰め切れないと感じたら、洗面所に移動し、蛇口に手をあて、左手を濡らす。そして、買っておいたコーラを一気に喉に流し込み、胃の中の食べ物に水分を与え、ふやかし、トイレに駆け込んだ。

喉の奥に左手をぐっと突っ込む。のどちんこを越えたあたりの場所を刺激すると、みぞおちがぎゅっと収縮する感覚があり、食べ物が逆流する。出づらい時は服の上から胃のあたりを手の甲で押す。そうすると今まさに口に押し込んだばかりのアイスクリームやチョコレートが液体になって全部出てくる。けれど、胃はまだ空っぽにならない。もう一度、洗面所に行き、手を水で濡らして、おえっとやると、口にいれた順番で、ちゃんと層になってまた食べ物が出てくる。さっきまでポテトチップスだったもの、おにぎりだったもの……。食べたばかりだからほとんど原形のままだ。

三、四回吐くと、胃袋が食事の中盤くらいの軽さに戻った。たぶん完全には吐き切れていないだろうけど、体重を保つには十分だ。トイレを流して、手を石鹸で丁寧に洗うと、時間が戻ったように何もなかったみたいになる。トイレを確認すると、流し切れていない食べ物のカケラが浮いていたのでもう一回流しておいた。

過食のあとは目のあたりがむくむので、それを防ぐために、冷凍庫から保冷剤を取り出して、タオルにくるんで目の上に置いた。熱を持った瞼がひんやりとなだめられていく。

過食嘔吐を誰かに打ち明けたことはない。治したいと思って一時期カウンセリングに通ったこともあるけど、カウンセラーに、親との関係やいじめを受けた経験など心の傷について聞かれるばかりでなんの役にも立たなかった。親との関係は良好だし、いじめだって受けていない。容姿をひどくけなされたこともない。むしろ肯定してくれている人のほうが多い。裏アカ経由で会う男の子たちも、皆私の容姿を、もちろんそこには年齢を考えれば、という枕詞はつくものの、好意的に見てくれている。容姿にコンプレックスがないとは言えないけれど、それが原因でひどい目にあったことはない。

苦労がなかったわけじゃないけれど、なぜと言われたって、私だってよくわからない。ただ、私にしてみれば私以外のみんながなぜ平気な顔して生きているのかが不思議なのだ。こんなふうに、世知辛い世の中でなんでひょうひょうと生きていられるんだろう。平穏な暮しなんて、この世に本当にあるのかな。

私は私がツイッターで裏アカ活動をしていたり過食症なのと同じように、みんなにもきっと裏の顔があると信じている。みんなどろどろとした欲望は抱えていても、自分を守るために見せないだけだ。

だって、私がこれまでツイッター経由で会ってきた人たちだって、みんな表とは別の裏の顔を持っていた。裏と表とをつなげられたら困る人ばっかりだった。人間なんてそんなものなのよ。

過食嘔吐を始めたのは33歳で、結婚の約束をしていた人にフラレた時だった。ありふれた話だ。結婚直前で別れるとか、30代になってからフラレるとか、たぶんいくらでも世の中にある話。私だけがつらいわけじゃない。

だからこそ、つらかった。被害者と言われるくらいのわかりやすいひどい目にあえば、私だって次は頑張ろうと思えたかもしれない。友達は「絶対次が運命の人だよ」と無責任な言葉をかけるばかり。20代なら「次が運命の人」と信じられたかもしれないけど、その「次の運命の人」にフラレた私はどうしたらいいのか。人間は心が苦しいだけではなかなか死ねない。

気づけばものすごい量の食べ物を摂取するようになっていた。毎晩会社帰りに胃をぱんぱんにしないと、イライラして禁断症状のようなものがやってくる。けれど、過食するとむくむし、体重はみるみる増えた。これでは体に悪いし見栄えが悪い。そう思って、嘔吐の仕方をネットでググって、なんとか吐く方法を習得したのだった。吐くコツがわかるようになると、一気に過食に対する罪悪感が減った。

それでも、やっぱり、過食して吐くのはいいことではないし、食べ物も、それに使ったお金も無駄になるし、過食だけの時よりマシとはいえ多少むくむし、吐いた時に目が充血するし、おえっとやる時に負担がかかるのか、利き目である右目の奥が痛くなるんだよね。後は、歯がボロボロになるとか、栄養素が足りなくなるとかいろいろ弊害はあると聞くけど、もうね、これはしょうがない。過食は私が生きるための手段だから。やめるほうがきっと大変だろうから、私はこの病気を病気と思わずに、たまに出る悪いクセと思って生きるしかない。世の中には、もっともっと悪いことをしながらだらしなく生きている人たちだってたくさんいる。私は少なくとも他の人に迷惑をかけていないという点で、底辺界の中ではまだ上位。胸を張っていいくらいだ。昼は仕事を頑張り、夜は異常な食欲と性欲を満たす。それでなんとか生きている。

堕落というのはクセになるんだろう。

私は仕事で表彰されるよりも、お給料が振り込まれた通帳を見るよりも、自分が自堕落に振る舞う時に一番強く、生きていることを噛みしめる。

楽しさや高揚は一瞬でしかない。その後に淡々と続く寂しく物足りない日常をどう埋めるかが人生を過ごすということではないだろうか。むしろ変に人生に光がさすと、その光がやがて陰って闇に落ちる怖さに耐えきれなくなる。だったら最初から闇を自分の住みかとして、闇と仲良くするのが賢明なのではないか。

会社にいる昼間の自分はコスプレでしかないと思うと、仕事の苦しみは難なく乗り越えられた。クライアントに理不尽な要求をされても、自分のミスではないのに頭を下げることになっても、心を無にしていれば痛くならない。この自分は本当の自分ではないと思い込めばいいだけだ。

昼に私以上の私を完璧に演じるために、夜は、知らない男と心を交わさないセックスをして、安いだけの食べ物を胃がぱんぱんになるまで詰めて、吐いてとことん無駄にする。体と心とお金の無駄遣い。もう40代で若くもないのにみじめで、みっともなくて、だからこそ安心する。私の人生はこれくらいがちょうどいい。

幸せというのは強迫観念だ。一度得ると失うのが怖くなる。幸せになりすぎると、きっとそれだけ大きな不幸がやってくるに違いない。だから私は大きく不幸にならないために、自分で自分の幸せを毎日ちょっとずつ傷つけるのだ。

「ねね」として生きる私のツイッターとラインには、「ねね」を求める人からおびただしい量のメッセージが届く。私はそれを見ながら、彼らとの過去の性行為を頭の中で思い描き、一つ一つ思い出の箱にしまう。出会った数だけ思い出が増える。彼らにも、人生のふとした時に「ねね」を思い出してもらえたら、私の人生は無駄にならない。そう思うと、生きている証をもっともっと残すためにも、男たちに会い続けなければいけない気持ちになった。

それなのに、やりとりを続けていたナンパ師・圭太とは連絡が取れなくなった。急に怖気づいたのだろうか。知らない女の家に行くのが怖くなったという可能性を考えたけれど、それはないだろう。圭太はこれまでに何度もそういうことをしていて、そのたびに誇らしげに「ヨネスケ」と書いていたではないか。

深夜になって、その謎がとけた。圭太が、ツイッターからの引退を宣言している。

「【引退します】彼女出来たんで、このアカウント卒業します！ ナンパを始めたおかげで、普通なら出来ない経験をすることが出来ました。でも本命の彼女が出来たので、ナンパ師卒業します。今まで交流してくださった方、ありがとうございました」

「しばらくしたらこのアカウントも消します。可愛い女の子たち、みんなバイバイ。出会い系アプリも全部消しました。ラインも全部ブロック！ これから出会うはずだった女性の皆さんごめんね、許してください」

……なるほど。

惜しいような気もしたけれど、まあご縁がなかったのだろう。

私は、ピカピカに塗っておいた赤いマニキュアを見ながら少しだけ残念な気持ちになった。

それにしても、それならそうと、一言ラインをくれればいいのに、無言でブロックするなんて失礼甚だしい。こんなふうに誠意のない男には、最初から出会わなくて正解かもしれない。私は、ただ、お互いの人生に残るいい思い出を作りたかっただけなのに。自分の頭の中に描いていた楽しい思い付きのいくつかが、はじけ飛んでしまった。

フォロワーが千人以上いる圭太の引退報告にはたくさんのいいねとお祝いコメントがついていた。

「おめでとうございます！」

「俺も早く卒業したいです」

「圭太さん、一度リアルで会ってみたかった……またいつかどこかで」

顔も知らない圭太という人のリアルな生活を想像してみる。

彼はアカウントを捨てることで過去を捨て、彼女の前では、健全な一般男子を演じて、ナンパ師の過去なんて一度も口にすることなく生きていくんだろう。まだ若いから、きっとこの彼女と結婚なんてことはないはずだ。若くて気まぐれで浅はかな恋愛は長くは続かない。私にもそんな経験はある。楽しいのなんて一瞬だ。

けれど、若くて初々しいカップルを想像したら、自分が急にみじめに思えてきた。

私はいつこの遊びをやめることが出来るんだろうか。異性を落として、体の関係を持つことには一種の中毒性がある。圭太だって、ナンパは仕事よりも面白い遊びだったはずだ。その大事な大事な遊びを、スパッと彼女のためにやめられるまっすぐさも含め、いろいろと羨ましい。

会ってもいないうちからフラレたようなこの寂しさを埋めるために、既セクの誰かを呼び出すことにした。私が男を家に呼ぶのは、過食から自分を守るためでもある。過食はその気持ちよさの分だけ、自己肯定感を削ってしまう。だから、やりすぎには注意しているのだ。そして、さすがの私も人といる時に、大量に食べて吐いたりするような非常識は持ち合わせていない。誰かとセックスする夜は、ちゃんとコントロールが利く。

私は、人生を三つ持っている。若い男を取っかえ引っかえする娼婦のような自分と、ストレス解消のために食べて吐く自分と、キャリアウーマンとしてバリバリ働く自分。

頭に浮かんだのは、三週間前にお手合わせした東大生と、中央大学の法学部の男の子。

彼らが心の中では私を見下していることは十分わかっている。ツイッターの裏アカ勢にはなぜか早慶東大・ＭＡＲＣＨレベルの高学歴者が多い。その理由が私にはちょっとわかる。

彼らのほうが社会に抑圧されているんだよね。私と同じ。発散する場所、自分でない自分になれる場所が欲しいのだ。私は彼らを同類として見ているけれど、彼らのほうはそうは思っていないのが面白い。同じことをしているのに、自分だけは特別だと思いたがるのが彼らの特徴だ。

高学歴者が多いのはあくまで肌感覚だから、実際はどうかは知らない。あるいは私がそういう人たちを呼び寄せるアンテナを持っているだけなのかもしれない。これも完全なる独断と偏見だけれど、高学歴の人のほうが真面目であるが故に、性への探究心も旺盛で、だから私のような年上を抱いてみようなんていう気まぐれを起こすのだと思う。

本来の私は彼らと同じように、いい大学を出て、いい企業に入っている。そういう面はあえて見せない。身バレして困るのは確実に私だから。なぜだか、いい学校出の男は、女が自分より頭がいいとあそこの勃ちが悪くなるみたい。そのプライドの高さも含めて可愛いと思えるようになるには、私も30代を超す必要があったからちょうどいい。

気心の知れた既セクでも、三回以上は会わないとルールを決めているのは、私の正体を相手に知られないためと、本気にならないため。

エリートコースをまっしぐらに生きてきた彼らが、親や社会に敷かれたレールを少しはみ出てみたいと思った時に、一瞬だけ寄るのが私という駅なのだ。本来止まるはずのないこの駅に止まってしまった彼らを私は温かく受け入れるけれど、彼らはすぐに次の目的地に向かってしまうのをちゃんと自覚していないと傷ついてしまう。

東大生と中大生、両方にメッセージを送ってみたけれど、東大生は海外旅行中で、中大生は試験前で忙しいということだった。こうやってだんだんとフェードアウトしていくんだろう。

その時、ふと頭の中に第三の選択肢が浮かんだ。ツイッターでの名前は「出稼ぎ野郎」、本業は引っ越し屋さんのあの子。

高校を卒業して、すぐに就職して体一つで働いている彼は、周りにはいないタイプだけど、その分とても愛しい。一か月くらい前に、童貞を捨てたいと言うから、喜んでとお迎えしてあげた。でも彼、緊張のせいか、全く勃たなかったんだよね。これまでの経験で培った能力を総動員して頑張ってみたけど、やっぱり無理で。どうしてもリベンジしたいと何度かしつこくメッセージが来ていた。二回目も勃たなかったらさすがに気まずいと思って避けていたけれど、なんだか今日は人に優しくしたい気分。誰かに傷つけられた分を誰かに優しさで返すと、いいことあると思うんだよね。案の定、メッセージを返したら、「今日はちょうど早く上がれる日なんです」と尻尾をふって飛びついてきた。たとえ体目当てでも、こんなふうに自分と会えるだけで喜んでくれる男の子がいることは最高に幸せだ。

出稼ぎ野郎さんは、家に来る途中でケーキを買ってきてくれた。コンビニのケーキは私にとっては過食用で、ちゃんと食べる時はいいものを少しだけと決めているのだけれど、まあ、気遣いがある分だけマシというものだろう。

「ちわ、お邪魔します」

「どうぞどうぞ、上がって」

元からグレーなのかと思うくらい汚れたスニーカーはうちの真っ白なタイルの玄関ではことさらに浮いて見える。

「ねねさん、会いたかったです」

「ありがとう」

私は自分にとっての一番いい角度で魅惑的に笑ってみせる。本気じゃないセックスはいい。相手に余裕を見せられる。

「じゃ、シャワーどうぞ」

「ほんとはシャワーを浴びる暇も惜しいんですけど、仕事上がりなのでお言葉に甘えます」

そう言って出稼ぎさんはお風呂場に消えた。

待っている間にスマホをいじる。

いつものクセでツイッターを見ていたら、裏アカ女子勢が、「医大生」という単語をやたら使っている。

「医大生さん、会ってみたかったのに」

「医大生さん、まじか……」

「わー！　暇な医大生さん!!」

いくつかのつぶやきを見たら事情が呑み込めてきた。どうやら私もたまに見ていた「暇な医大生」という有名ツイッターアカウントが凍結されてしまったようだ。パクツイの常習犯で、ここ数日炎上していて、怒ったネット民が「運営に通報」という形で成敗したらしい。

彼は顔出しはしていなかったけれど、ネタツイを交えて空の写真や、ホテルの写真をアップする彼の生活は浮世離れしていて、ツイートだけで、それなりの暮らしをしているイケメンだということが垣間見えていた。

彼女たちと同じく、私も暇な医大生さんといつかお手合わせしてみたかったのに。まぁ、パクリは良くないよね。それに、アカウント停止されたところで、どうせ可愛い彼女と裕福な生活という現実があるんだろうし、医大生ではなく本物の医者になったらつぶやく暇もなかったんだろうと思うし。

けれど、たとえば私の想像通りの裕福な生活を送っていたとして、どうしてわざわざ人のツイートをパクってまで、ネットで承認欲求を満たしたかったんだろう。その気持ちがよくわからない。まぁ、私も、世の中的には、良い会社に勤めている高収入のキャリアウーマンなのだから、こんなふうに娼婦まがいのことをしているなんて知ったら、周りの人は「いい生活があるのになぜ？」と不思議がるだろうな。

会ったことのない「暇な医大生」の気持ちをじっくり想像してみると、意外と自分との共通点があるのではないかという気持ちになってきた。

人間には、普段と違う自分を演じてみたいという欲求が生まれながらにして備わっているのだと思う。社会的に高い立場にいる人ほど、夜は赤ちゃんプレイや、ドMプレイが好きだとも聞いたことがある。人は、高く持ち上げられすぎると、人に見下されるような経験がしたくなるし、逆もまた然り。どこかでバランスを取らないと、やってられないんだろう。

そんなことをふわふわ考えていたら、出稼ぎさんはシャワーから上がってきていた。逃げないのに、焦っているところがまた可愛い。

「ねねさん、シャワー、お先です」

「おかえりなさい」

軽くキスするつもりだったのに、出稼ぎさんは、もうスイッチが入ってしまったのか、ぐっと圧をかけて舌をねじ込んできた。しょうがないから私も、まるでもう我慢出来ないみたいなフリをして、相手の口に舌を突っ込みぐるぐると回す。同じような光景を一体何度演じてきただろう。ふとそんな冷静な気持ちが頭に流れ込んできて、改めて口のほうに意識を戻すと、今そこに誰の舌があって、手に触れるのが誰の肌かなんてもうどうでもいいような気になってきて、とりあえず、この人と今日この夜を乗り越えられれば、もうそれでいいんだ。そんな気がしてきた。

ユカ　　　　　　　　33歳

人妻の美香

結婚四年目セックスレス人妻。
旦那が失踪中

窓の外には濡れた東京。

水彩画が滲んだような、遠い思い出みたいな色模様。東京はいつも、思い出の中の風景みたいに感じられるのはなんでだろう。ここで育ったくせに、私は一度もこの場所に属していると思えたことがない。今この瞬間も、夢の中にいるような気がする。


旦那の恭平が突然消えてから三日が経つ。

信じられないままで、自分でも今、何を言っているのかよくわからない。人ってそもそも消えるんだろうか。でも事実、消えたんだから消えたとしか言いようがない。

三日前に家を出たっきり、「かえる」といういつもの連絡が来なかった。

スマホの充電でも切れたのかと思って、気にせずにその日はベッドに入ったけれど、朝起きてみてもベッドの横には誰もいなくて、初めて「あれ?」と思った。だから部屋を出て、――そんなこと、恭平は一度もしたことはなかったけれど――たとえば飲みすぎてトイレで寝ているとか、ベッドにたどり着く前にソファで寝てしまったとか、そんな可能性を考えながら部屋のあっちこっちを見て回ったけど、やっぱりどこにもいない。まさかと思いながら、クローゼットもベランダも全部見たけれど、いない。

電話を何度もかけてみたけれど、おなじみの「電波が入らない場所にあるか、電源が入っていないため……」のアナウンスが流れるだけだ。

「恭平、どこにいるの？」

「恭平〜！」

「心配です。連絡ください」

「明日連絡がなかったら、ご両親にも連絡してみます」

何度もラインを送ったけれど、どれも既読にならない。恭平はＳＮＳを全くやっていないから、ネット上にも手がかりはない。

他にやることがないから恭平からのラインをさかのぼってみたけれど、特にいつもと変わらない。もしかしたら、自分でも気づかないうちに、恭平の怒りを買うようなことをしなかったか、ここ数週間の自分の行動を振り返った。けれど、特に思い当たることはない。

とりあえず誰かに連絡を取らなくてはと思って、裕二君の存在を思い出し、ラインをした。

「裕二君、変なこと聞いてごめんなんだけど、恭平と連絡取ってたりしないかな？　昨日の夜から、電話もラインもつながらなくて、家にも帰ってきてないんだよね」

一時間後、裕二君から返事が来た。

「えー⁉　一昨日、一緒に飲みましたけど、以来連絡取ってないです。どこかで泥酔してるってことはないですかねー？」

こちらを安心させようとしているのかもしれないけれど、泥酔なんてしないことを彼も知っているはずだ。恭平はお酒に強くて、どんなに飲んでも、酔いつぶれることはおろか、顔色さえ変えたことがない。いつだって紳士で、いつだって落ち着いていて、取り乱すところなんて見たことがない。

ちょっと電話してもいいですか、と裕二君の番号を聞いて、こちらからかけた。そして、状況を伝えた。

恭平がいないこと。連絡が取れないこと。行方不明になるような理由が思い当たらないこと。恭平の交友関係を私が全く把握していなくて、連絡先を知っている共通の友人は裕二君しかいないこと。恭平は両親とは疎遠で、これから確かめるにしても、おそらく両親のところにも何も連絡がいっていないだろうこと。もしも何か一つでも手がかりがあったらすぐに伝えてほしいこと。

裕二君は心配そうにはしていたけれど、私の何倍も楽観的で「きっと、何か事情があるんですよ。そのうちふらっと帰ってきますよ」と言っていた。

けれど私は、これが何か恐ろしいことの始まりのように思えて、動悸が止まらない。このまま恭平が一生帰ってこない気がしてくる。そうしたら、私はどうしたらいいんだろうか。

この家の家賃は？　生活費は？　何より私は？　私の将来は？　全部、恭平がいなかったら成り立たない。全部が足元から崩れてしまう。

　胸の奥が壊れるような悲しみに、全身で耐えるしかなかった。心を手に取って、この目で見られないのがつらいくらいだ。今、自分の心はどれほど痛んでいるだろう。目で見て確かめてみたかった。

　恭平の身がとにかく心配なのと、裏切られたのではないかという疑心と、わけのわからない不安と、昨日までの日常からぷつりと断絶されて、いきなり絶望を味わわされている理不尽と。いろんな感情がごっちゃになって、心がマヒしてしまいそうだ。いやもう、いっそマヒしてしまえばいい。そうすれば少しは楽になるかもしれない。

　恭平はどこ？　ねえ、どこ行っちゃったの、本当に。

　心の中で何度も恭平の顔や、腕や抱きしめた感じを思い出しながら、呼びかけてみるけれど答えは返ってこない。誰に連絡したらいいのかもわからない。友達に「恭平がいなくなった」という事実を広げるだけ広げた後に、ひょっこり帰ってきたら、恭平のイメージを下げるだけでみっともないから、そんなことは出来ない。警察に行くのだって、早すぎるだろう。なんたって相手は子供じゃなくて、大人なのだから。あと一日待ってみよう。それでダメだったら、警察にも言おう。私の両親と、向こうの両親にも連絡を取ろう。そう思ってその日は一日、スマホを握ったまま過ごしたけれど、結局何も音沙汰がなかった。

翌日、恭平の両親と自分の両親に連絡を取り、どちらにも恭平からの連絡がいっていないことを確かめてから警察に行った。警察の人は優しくて、いろいろと質問をしながら、私が書類に書き込むのを手伝ってくれた。行方不明者届というのを出し、恭平の写真を渡し、特徴を伝えて帰ってきた。もっと時間がかかるものだと思っていたのに、あっさりと終わってしまい、この後もう自分がやれることが残されていないことに愕然とする。

こういうことは人生で経験がない。どう立ち回ればいいのか、誰も私に教えてくれていない。経験がなく、準備もしていないことに対峙(たいじ)しなければいけないのは、とんでもなく怖い。こういう時に恭平がいてくれればいいのに。

今すべき行動は何も思い浮かばず、スマホをなんとなく開いて、ツイッターを見る。

いつも通りに、好き勝手喋る裏アカ勢たち。

「気になってる年下君の写真見てる〜。ティンダーで出会った人だけど体の相性いいんだよなぁ」

「電車遅延しすぎ、まじうざぁ」

「準即／25歳／モデル／カフェからのラブホ近くの飲み屋でグダられる。負けそうになったけれど、必死の説得でグダ崩しに成功。スーパー可愛い。ごちそうさまでした」
「早漏ってどうやったら治るんだろう？」
「期間限定でナンパ講習やります。有料記事も書いているのでよかったら見てね」

恭平がいなくなる前は、人間らしいなぁ、と微笑ましかった裏アカ勢たちのお喋りだけれど、今冷静な気持ちで見ると、みんなくだらないことでぎゃあぎゃあ言っていて、バカみたいだ。ヤることと、お金儲けと、世の中への愚痴ばっかり。私、こんなにネガティブなものに、日々吸い寄せられていたんだ、と気持ちがしなしな萎えていく。ここでぺちゃくちゃと欲望を発散しているこの人たちは、きっと本当に人を愛したこともなければ、本当につらい目にあったこともないはずだ。

恭平がいない世界は、何もかもが楽しくなくて、むなしい。

ふと、思い出して鉄平のアカウントを見る。圭太名義でやっているアカウントはフォロワー数が千七百人にもなっている。タイムラインをさかのぼると、彼女が出来て、一度ナンパ師卒業宣言をしたけど、彼女とうまくいかなくて、ナンパ業界に復活したそうだ。ストナンにはまだ自信がないけれど、最近はクラナンを始めたということや、顔刺しで余裕で連勝しているという自慢がつらつらと書かれていた。会った時は、純粋でいい子だという印象を持ったけれど、どうやら人にはいろいろな顔があるらしい。

去り際に、「ユカさん、またね」と言ってくれた、子供じみた顔のあの子が「鉄腕で逆ナンされておせっせ。ヤった後聞いたら、まさかの彼氏持ちでした。セフレになろうって言われたのでもちろんオーケーしましたー！」なんて言っている。ちなみに鉄腕がよくわからなくて調べたら、渋谷にあるクラブ「アトム」のことだそうだ。アトムだから鉄腕かぁ……。

童貞君は、新しい絵をアップしていた。渋谷の街並みを描いた絵。キレイだな。キレイ、という一言では言い表せないほど精緻で、心の芯に何かを訴えかけてくる絵に、もっといい表現を見つけたかったけれど、見つからない。自分の語彙力不足が嫌になる。でも、この絵は、自分が東京に感じる他人っぽさをすごく的確に表してくれている気がした。どこか寂しくて、でもあたたかくて。アートは詳しくないけど、他にこんな絵には出会ったことがないから、人気が出るのもわかる。あっという間にフォロワーが二万人になった童貞君の絵は、五百リツイートもされている。

有名人に成り上がった童貞君に、メッセージを送ってしまった。明るく、輝かしいものに触れたかったのかもしれない。

「童貞君、こんにちは」

「こんにちは、久しぶりですね」

「なんか、有名人になっちゃったよね」

「まあ、そうですね」

「テレビとかでも、見たよ」

「ありがとうございます。結構いろんな有名人に会えました。笑」

「そっか。遠い人になっちゃったみたい」

「そんなことないですよ」

「童貞君には、好きなことがあっていいな」

「美香さんは、好きなことがないんですか、何も」

そう言われて答えを返せずに詰まった。私が好きなことは……家でだらだらと海外ドラマを見ること。恭平の帰りを待ちながら、ご飯を作ること。それくらいだ。それ以外にやりたいことなんて何もない。好きなことなんて、考えたこともなかった。

それは置いといて、なんでこの人は、久々の私からのメッセージに「ありがとう」と一言お礼を言わないんだろう。「暇な医大生」の裕二君の目に留まる場所に絵を置いてあげて、有名になるきっかけを作ってあげたのは私と言ってもいいはずなのに。きっと最初から最後まで自分の手柄みたいな気でいるんだろう。

「なんか童貞君、変わっちゃったね」

「どういうことですか」

「好きなことがある人はいいよね。童貞君みたいに才能がある人が羨ましい。好きなこと続けて、誰かが才能を見つけてくれるのを待てばいいだけじゃん。人生イージーモードじゃん」

「そんなにイージーじゃないですよ。笑。まだ童貞ですし」

「童貞なんて、もうどうだっていいじゃん。世の中にそこまで認められたんだもん。私なんて世の中から見たら、何も持ってないただの主婦だよ。そして今は主婦という立場さえ危ういんだよ。旦那が出ていっちゃって」

一気に書き込んで送った。

見ず知らずの子供にケンカをふっかけてしまってバカみたい。嫉妬しちゃってバカみたい。

「旦那が出ていった」なんて言っちゃってバカみたい。私、ほんとバカみたい。自己嫌悪にずんと沈む中、童貞君から返事が来た。


「ダンナさん、なんで出ていっちゃったんですか。ケンカですか」

「理由もなく消えちゃったの」

「事件に巻き込まれてるんじゃないですか」

そう言われて、はっといろんなことがつながった。毎日違う香水。朝方になる帰り。もしかしたら、恭平は帰りたくても帰れない状況にあるんだろうか。

そう思うといてもたってもいられなくて、すぐにツイッターを閉じ、裕二君に連絡した。彼なら、きっと何かを知っている。

「ごめん、ちょっと不安でたまらないので、家に来てくれませんか」

空気がとても薄く感じられる。

「わかりました、21時頃伺いますねー」と裕二君から連絡が来て、少しだけほっとする。

ほぼ予告通りの21時10分に、裕二君が家に来てくれた。

気遣いのつもりか、ペットボトルのお茶を二本とポテトチップスを買ってきてくれている。

私の中にはある考えが浮かんでいた。お願いするのは申し訳ないけれど、緊急事態なのだ。頼んでみる価値はあるだろう。

「裕二君、嫌だとは思うんだけど……」

私は「暇な医大生」のアカウントで、恭平の写真をアップして人捜しをすることを提案してみた。匿名でツイッターをやっている裕二君には抵抗のあることだろうけれど、そんなことは言っていられない緊急事態なのだ。

けれど裕二君の返事は予想外のものだった。

「実は……言いづらいんすけど……あのアカウント、凍結されちゃってもう使えないんです」

「え」

私はネットの話題に疎いせいで、気づいていなかったけれど、「暇な医大生」のツイッターアカウントは一週間前に大炎上して、閉鎖に追い込まれてしまったらしい。裕二君のアンチの人が一斉に意地悪で「通報」をして、そうなってしまったんだとか。

インターネットってなんて怖いものなんだろう。こんなふうに簡単に人一人をネット上から消してしまえるのか。大勢でよってたかって一人の人をつるし上げて、活動停止に追い込むなんて、なんという無法地帯だろう。

「ごめんなさい、頼りにならなくて。助けられなくて」

「ううん、私のほうこそ、裕二君がそんな大変なことになっていたのに気づかなくてごめんね」

「ま、俺は、アカウントがなくなった以外に変わったことはないんで。とはいえ、恭平さんにはいつも仕事をもらってたんで、仕事がなくなりましたけどね」

「どんな仕事をもらってたの？」

「んーー……まあ、人の紹介ですね」

「人の紹介ってどんな？」

そう踏み込むと、裕二君は答えづらそうな顔をした。何か隠しているというのは直感的にわかったけれど、これ以上聞いて裕二君を困らせてもしょうがない。

「さっき急に、恭平が何か危ないことに巻き込まれているんじゃないかっていてもたってもいられなくなって裕二君を呼び出しちゃったんだけど……。何やっていいか、わからないの」

「そうですね……俺もこういう状況になったのは初めてで、困惑しています」

「裕二君、私、恭平がいないこの現実に、耐え切れそうもないや」

「俺も耐えられないです。でも、耐え切れなくても生きていかなきゃいけないから」

「そうだよね……」

「ちょっと待っててください」

裕二君は、台所で何かごそごそとしてから戻ってきた。

「ユカさん、ここに寝転がって、目つぶって」

一体何をするのだろうと不思議に思いながら大人しく寝転ぶと、熱々のホットタオルを目の上にかけられた。瞼がじんと熱くなり、血が目の周りだけでなく、顔に、首にと広がっていくようだ。

「これ、昔から疲れたらよく母さんがやってくれて。ふと思い出したんですけどね。なんか、体中の血がじんじん感じられて、生きてるって気持ちになれるから」

目を覆われているおかげで、他の感覚が敏感になり、自分の呼吸の音が聞こえた。裕二君は優しい。

「ユカさんはないですか。仮面を付け替えるように、誰かに成り代わりたいと思ったこと」

——ふと、ツイッターの裏アカウントのことを思い出したけれど、あれは別にちょっとしたお遊びだ。私はなりたいものや欲しいものが明確にあるわけでもないただの平凡な主婦だ。

「……ない」

「そっか。これは想像ですけど、恭平さんにはあったのかもしれません。だからふといなくなったのかもしれない。だけど気が済んだらきっと戻ってきますよ」

「そうなのかなぁ」

私の頭にはなぜか小学校の時のテスト返却の光景が思い浮かんだ。返された答案用紙には、マルとかバツとかがついていて、上には大きく点数も書いてある。正解のある問題ばかり解いていたあの頃は、楽だったなぁ……。

人生というテストに今初めてぶつかっている気がして、誰も私に正解を教えてくれないので、不安で不安でしょうがない。誰でもいいから採点して点数をつけてほしい。そしてこの後どうしたらいいのか教えてほしい。

気が付いたら私は泣いていて、タオルがじわりと濡れ、マスカラが白いタオルにポツポツとにじんでいて、裕二君が私の頭をなでていた。傷ついた動物が、お互いに慰め合っているみたいだ。

「マスカラ、落ちちゃった」

そう言うと、裕二君は、目の周りについた黒いマスカラの繊維をつまんで取ってくれた。この子は女の子の扱いにとても慣れている。こういう人の優しさに、どこまでもたれかかっていいんだろう。鉄平君みたいに、性欲百パーセントの男の子のほうがわかりやすくて楽だ。この人の優しさに、私は一体何で返せばよいのか。

「もし疲れてたらマッサージでもしましょうか?」と裕二君が提案してくれる。

「ううん、そんなことしてもらえないよ」

「いつでも言ってくださいね。女の人のマッサージ、仕事柄、得意なんで」

「え、仕事柄って?」

そう言うと、裕二君は、一瞬、しまったという顔をしたけれど、すぐに平静を装って、

「いやいや、俺、いろんなアルバイトやってるから。前にちょっとだけ、マッサージのバイトもやってたことがあって」と言った。私は「そっか」と答えたけれど、同時に恭平の普段の仕事がどんなものだったか、少しだけ、想像がつくような気がした。

そちらの想像に私を踏み込ませないためか、裕二君が話題を変える。

「世の中では、何もかもあることが幸せだと思われがちだけど、何もかも持ったら、今度は重いんですよ」

「どういうこと？」

「恭平さんと俺は全然違う人間です。すごく可愛がってもらっていたけど、俺は正直、恭平さんの心の中に入れたと思ったことは一度もないんです。だからこれはあくまで俺の考えだと思って聞いてほしいんですけど、俺は何もかも全部捨てたいって思うことがあります。学歴とか、これまでの人間関係とか、自分にまとわりつくイメージとか全部。だから、恭平さんがいなくなったって聞いて、『あ、恭平さんも人生リセットしたかったのかな』と思いました」

「ごめん、私にはよくわからないな。人は一つの人生しか持てないんだよ。それが当たり前じゃん。自分は自分から逃げられないと覚悟を決めて、今持っているものを、更新しながら生きていくしかないじゃん。私のことも、裕二君のことも全部リセットしたいなんてことあるかな？」

「普通は思わないんですよね。というか、普通はそう思ってても出来ないって思うじゃないですか。でもやってみたいって思う気持ちも俺はわかる。何もかも捨てて、どろんと消えてみて、全部忘れて、何も持たない、荷物ゼロの状態で自分をやり直す。そんな映画みたいなことが出来たらいいなって空想をたまにします。

今考えると、恭平さんと俺の共通点ってそこだったかもしれません。考え方や人との接し方やコミュニケーションの取り方は違うけれど、人生観とかが似てるのかも」

私は、裕二君の顔を改めて観察した。固そうでまっすぐな鼻が、横顔のラインを美しく見せている。こんなに魅力的な顔と、モテそうな雰囲気と、無敵の学歴と、未来のある男の子が、人生を全部捨ててみたいという気持ちが、わかるようで、わからなくて、でもわかりたくて、ずっと見つめていた。裕二君は私の視線を避けるかのように、その夜はずっとうつむいていていた。

鉄平　　　　　　23歳

圭太

ナンパ師卒業しました！
→やっぱり復活！

明け方に降り始めた雨はもうすっかり止んで、世界がキラキラと輝いている。セックスをした日の朝は、なぜか世の中の解像度が高くなる気がするんだよね。大してキレイでもないセンター街の隅々までくっきりと見える。タバコの吸い殻、空き缶、ぐしゃぐしゃのビニール袋、チラシのはじっこ。目を凝らせば凝らすほど、視界に飛び込んでくるのはゴミばかり。記憶は相変わらず曖昧で、ついさっきまで一緒だった女の子の名前すら、ラインを見返さないと思い出せない。一緒に朝ご飯を食べようと誘ったけれど、一回家に帰ってシャワーを浴びてこれから出勤だというから、おとなしくバイバイして、駅の近くのマックに向かった。セックスの後はお腹が減るし、夕方からは立ち仕事だから、腹ごしらえということで一人朝マック。昨日の彼女もアパレル勤めって言ってたっけ。ブランド名も勤務地も聞いたけれど、忘れてしまった。会話の空白を埋めたかっただけで、本当に興味があったわけじゃないのだ。

いつものようにハッシュポテトとコーヒーとマックグリドルを頼んだ。ブラックのままの熱いコーヒーを口に含むと、少しだけほっとする。

今日は遅番で仕事は夕方からだから、食べ終わったら俺もいったん家に帰ろうか。それとも、リア友の誰かを呼び出して昼から買い物でもしようか。いずれにせよ、まだ朝の6時半。

普段なら寝ている時間だから、休日の朝を有効活用出来ているようで嬉しい。

ハッシュポテトを音を立てて嚙みながら、さっきの女にお礼のラインをしようかどうか迷う。ラインしたら、関係を続けたいと思われるかもしれない。体の相性が悪いわけではなかったけれど、新規開拓を休んでお代わりするほどの女かというと、そうでもない。変にラインをしないほうがいいかもしれないな。この子よりは二日前に会った子のほうが体の反応が良かった気がする。その子の名前もまた忘れてしまったけれど。

店内は、俺みたいに朝帰り組の大学生たちが、少し遠くの席ではしゃいでいる以外に、誰もいない。

斜め前に肌荒れのひどい女が座った。この子は、「nope」だな。

ティンダーをやりすぎて、現実世界でも、女性を見るとつい頭の中で「like」か「nope」の判定をしてしまう。そして、ナンパをしすぎて、近頃はどこにいても、目が合えば、向こうは俺に気があるんじゃないか、声をかければいけるんじゃないかと思ってしまう。

毎日ゲームのようで楽しいけれど、一方でどこか冷めていて、まるで別の誰かの人生を代わりに生きている感覚に陥ることもある。ツイッター上の「ナンパ師・圭太」に体がどんどん乗っ取られていく。俺の人生って一体どこにあるんだろう。

満たしたところですぐ空になる承認欲求のためのセックスには何の意味があるかもわからないし、結局女の子とどれだけセックスしたって、本当に満たされることなんてない。

肌荒れの女は、コーヒーに砂糖を一袋分全部入れて、ゆっくりとかき混ぜ、俺の目線に気が付いたのか、ふと顔を上げてこちらを見た。慌てて目をそらし、スマホを見ているふりをしたその瞬間、圭太のアカウントにＤＭが届いた。


「鉄平君、会いたいです」

人妻の美香さんからだった。前のやりとりの最後は「ユカさん、またね」と書いている。そうだ、本名はユカなんだった、この人。

「ユカさんですよね。お久しぶりです」

「お久しぶりです。近々、会えませんか」

「今日この後あいてますよ、笑」

ヤれない女と何度も会うのは時間の無駄だけれど、予定もないので、会ってちょっとお喋りするくらいなら別にいい。

「今、渋谷のマックで、暇です、笑」

「じゃあ、私もそこに行きます。三十分後に」

こんなふうに朝からすぐに出かけられるのは、生活が整っている証拠だと思う。朝からきっちり起きて活動している人でなければ、こんなふうにすぐには出られないだろう。

俺はさっき丸めて捨てかけたレシートで、店舗名を確かめてから、ユカさんに送ってあげた。

「お待たせ」と現れたユカさんを見ながら「ああ、こんな顔だった」とやっと記憶が蘇った。さっき、念のためカメラロールの写真を見ておいたけれど、この人は写真よりも本物のほうがずっと綺麗だ。生命力があるというのか。写真には写らない、体から出ているエネルギーみたいなものがある。そのくせ、同時に、消えそうにはかない。声も少しかすれていて、そこもまた色気があっていい。出会い系アプリでは、盛りまくった詐欺写真のせいで、本物に会った時にイメージダウンすることのほうが多いから、ユカさんのことは改めて新鮮に感じる。

「どうしたんですか、急に会いたいって」

ユカさんは、まずコーヒーを買ってくるね、と言い、俺にも飲み物のお代わりを促したので、コーラを頼んだ。夜寝るまでに体の中のカフェイン成分を全部抜くためには、コーヒーは一日に一杯が限度だと誰かのつぶやきで見た。ただでさえナンパゲームのせいで睡眠時間が少ないので、睡眠の質を良くしなくてはいけない。

ほどなくしてコーヒーとコーラを持ったユカさんが、目の前に座った。

花柄の黒いワンピースは生地がとろんとしていかにも高そうだし、爪も髪の毛もピカピカしている。

「ナンパ師一回やめてたのに。復活したんだね」

「彼女出来たからやめたんですけど、彼女全然会ってくれなくて。たぶん、他に男がいるんですよ。仕事が忙しいとか言って、会う約束がやっと出来てもドタキャンばっかりで」

「そっか」

「ネトナンで会った女の子のほうが可愛いですよ。『圭太君と会いたい』っていつも言ってくれるから。だから現場復帰しました」

彼女は、最近俺が送ったラインすら返してくれない。こんなふうに邪険に扱うなら、付き合うなんて言わないでほしかった。自然消滅を予感しながらも、ダメもとでたまにラインを送ってみては、既読スルーや気のない返事にため息をつく。顔はすごくタイプだったたから、もう少し真剣な関係になりたかったのにな。春には花見、夏には花火、秋には京都、冬にはスノボ……そんなふうに、セックス以外の時間を一緒に楽しめる子が欲しかった。俺の中ではいろいろ計画があったのに。彼女のことは、今、正直言ってあんまり考えたくないし、話したくない。


「ナンパ、相変わらず、ハマってるんだね」

「そうっすねー、他にやることもないですし」

「鉄平君に話したいって言ってたことだけどさ」

「はい」

「……うちの旦那、いなくなっちゃったの」

「え、ケンカしたんですか」

「そうじゃないの」

それからユカさんは、一週間前に突然旦那さんが消えてしまい、警察にも届けたけれど、見つかる保証もなくて不安だという話を始めた。

「俺が言うのもなんですけど、これって、俺みたいな薄い関係の人に話していいことですか？」

ユカさんは俺の何を買ってるんだろう。どうして一回しか会ってない俺に、こんな打ち明け話をするんだろう。

「あ、そっか。重いよね。ごめんね。でも、仲のいい人ほど話しづらいというか……というか私、あんまり仲のいい人、いないかもしれない」

うつむくユカさんのまつ毛は、マスカラも何も塗っていないのにとても長い。

「俺、なんも協力出来ることないですよ……警察とか探偵に知り合いいないし。申し訳ないですけど」

「ううん、捜すのに協力してほしいわけじゃないの。誰かに話聞いてもらいたくて」

「話なら、いくらでも聞きますけど」

「誰かに話せば自分の頭と心を整理出来る気がしたの。それと、なんだか不安で、人恋しくて」

「なんで不安なんですか」

ちょっとした間の後、ユカさんは悲しそうに言った。

「自分の人生って一体なんだっけ、って思って。旦那がいない毎日をどう過ごしていいかわからない。結婚してからの私の人生って、旦那が帰ってくるのを待つだけの人生だったの」

「そういう系の不安なら、俺も身に覚えがあります」

反射的に、うなだれているユカさんの顎をつかんで顔を引き寄せ、キスをした。

唇が触れる感触を味わって、すぐに離したら、ユカさんが飲んでいたコーヒーが俺の唇に移ってかすかに香った。抵抗されるかと思ったけど、ユカさんは微動だにしなかった。

斜め前の席の肌荒れ女が、俺たちのキスに気づいたっぽかったけれど、どうでもいい。

「こんなところで、ごめんなさい」

口を衝いて出たのは、お詫びだった。

「ううん、いいよ別に」

ユカさんは、動揺しているわけでもなく、かといって、受け入れているふうでもなく、本当にどうだっていいようだった。魂が抜けてるみたい。

「深い意味はないんです」

言葉通り深い意味はなかったけれど、何のリアクションもないことには少しプライドを傷つけられた。ユカさんは俺の目をまっすぐ見ながら言った。

「鉄平君ってうまく言葉で説明出来ない感情を、体を使って発散するよね。わかってる。だからナンパして女の子と寝まくってるんでしょう。自分の心の傷口、ふさぎたくて」

そう言われて、俺は黙ってしまった。ユカさんも黙っているから、ポカンと空間に穴があいたような沈黙がしばらく続いた。

口火を切ったのはユカさんだった。

「鉄平君、私のこと、抱こうと思ったら抱ける？」

そのセリフの大胆さとは不釣り合いなほど、淡々とした声。目にも何の意思も感じられない。

「抱こうと思ったら抱けると思いますけど……むしろ抱かせてくださいという感じではありますけど、よくわからないです」

普段なら、女の子を抱けるなら、両手を挙げて万々歳なのだけれど、正直、ユカさんとのセックスは現実味がなさすぎた。

顔も体もタイプだから、抱けるなら抱いておこうという気持ちはあるけれど、普段他の女の子を抱く感覚では抱けなそうだ。

「なんでよくわからないの」

「自分でもうまく言えないです」

「私、不安で不安で、誰かに優しくされたいんだよね」

ユカさんが両手に挟んでいる紙コップには、まだ半分以上コーヒーが残っている。

「優しくされたい時に、誰かの肌が必要だっていうのは俺もわかります。人につけられた傷は、人でないと埋められないと思うから」

「じゃあ、埋めて。一緒に来て」とユカさんは席を立ち、俺の手を握った。そして、くるりと踵を返すと紙コップをぽいっとゴミ箱に放り込み、店を出た。俺は黙ってユカさんの後をついていく。

ずんずん進むユカさんに、連れられるままに歩くと、いつのまにか、朝に去ったばかりのラブホ街にいた。デジャヴ感。俺はこの先の想像をする代わりに、頭の隅っこで、朝起きたら昨日にいて、一日を何度もやり直しさせられる映画を思い出していた。あの映画のタイトルはなんだっけ。

「空室アリ」の看板を見つけると、ユカさんはもう一度無言で俺を睨むように見て「ここに入るから」と言った。俺がもたもたして、かける言葉をあれこれ考えているうちに、ラブホ代も全額、ユカさんが出してくれた。


タバコ臭く、湿っぽく、暗い部屋に入ると、ユカさんは、俺の首に手を回して自分からキスをしてきた。舌がお互いの口を出たり入ったりしながら、なじんでいく。わけがわからないが、体は本能に従って反応するし、わけがわからないという以外に拒む理由は何もない。

「あー……きもちー……」と声に出して言うと、ユカさんは、つむっていた目を一度開いて、またつむった。ユカさんはキスを続けながら、器用に俺のワイシャツのボタンを一つずつ外していく。俺もユカさんのワンピースを脱がせて、体が動くままにキスを続けた。

窓のない部屋で、時間も季節も全部が抜け落ちている。その感覚すらない。

俺は、ユカさんの体を丁寧に丁寧に扱ったけれど、主導権は完全に向こうにあった。ユカさんは、俺よりもずっと焦っていて、始めてしまったのだからとにかく終わらせなくちゃいけないという義務感にかられているようだった。俺は鈍いほうだけど、相手の心がここにないことくらいはバカじゃないからわかる。

どこか上の空のユカさんから感情を引き出したくて、俺は言った。

「ユカさん、笑って」

「ん」

ユカさんは、口角をキュッと結んでかすかに笑ってみせたけど、まるで泣いているような笑顔だった。

「もっと笑って。笑顔見せて」

「いいから、もっと動いて」

ユカさんはほとんど無表情のまま俺の言葉を無視し、俺は促されるままに動き、あっという間に果てた。

キスし始めてから、終わるまで、一体どれくらいだったんだろう。十五分くらいじゃないか。一瞬だった。

俺が何も考えられないまま天井を見ていると、ユカさんが顔を近づけてきてくれて「ありがとね」と耳元でささやいた。俺はそれを聞いて、なぜか胸がつぶれそうになった。でも泣いたらユカさんが罪悪感のようなものを感じてしまうと思ったから、目じりの汗と混じった涙を指先で払ってから、ベッドわきのペットボトルの水を飲んだ。

「少しは埋まりましたか？　傷」

そう聞いたけれど、ユカさんは「ん」とかすれた声で言ったきり、答えない。

セックスに必要以上に意味付けしたり、体の関係だけで心がわかったような気持ちにはなりたくなかったけれど、ユカさんは何かを超えたくて、普段の自分とかけ離れた自分を演じたいのではないかと想像した。こうやって無茶をすることで、夢を現実に、現実を夢にしたいのかもしれない。

「すごい喉渇きましたね、ユカさんは大丈夫ですか？」

気を遣って声をかけたのに、ユカさんはそれに返事をすることなく、無言のまましばらく天井を眺めていた。そして、ある一瞬、ふっと夢から覚めた表情になって、シャワーをささっと浴びて、そのまま服を元通りに着て「先に行く」と出て行ってしまった。ユカさんが出て行ったドアをしばらく眺めた後、俺もシャワーを浴びて、服を着て、ホテルを後にした。道玄坂を下りて、時計を見たらまだ10時半。今日起きたことは全部夢なんだと思う。

フワフワした気持ちはホテルを出ても続いていたけれど、いったん心を落ち着けようと、電車に乗って家に帰った。目の前にある家は、出てきた時と何もかも変わらない。

鍵を開けると、母親の靴の散らかった玄関が広がっていて、廊下を進むと、リビングとダイニングのスペースに突き当たる。家にはやはり、誰もいないらしい。

ダイニングテーブルには母の飲みかけのコーヒーが置かれている。

俺はバッグを肩にかけたまま、冷蔵庫から麦茶を出して立ったままがぶ飲みし、二階の自室に向かった。バッグを放り出すなり、ベッドにごろりと寝転ぶと、ふとお腹が減っていることに気づく。つい数時間前に朝マックを食べたばっかりなのに。やっぱり、セックスには腹を減らす効果があるらしい。キッチンの棚からカップ焼きそばを探し出し、食べて、仮眠して、家をまた出た。駅に行く途中で母とすれ違う。

「どこ行ってたの」

「鎌倉のパン教室。鉄平はこれから仕事ね？　いってらっしゃい」

母は老後の趣味として始めたパン作りに相変わらずハマっているらしい。鎌倉まで通っているのは、今知ったけど。手を振って別れる。息子が誰とセックスしていようと干渉するどころかきっと気づいてもいない、鈍感で平穏な母だ。

新宿の駅ビルにはいつもより早く着いたので、時間つぶしも兼ねてバックルームで爪を研ぐことにした。いつもバッグの中に入れているガラス製の爪やすりは、少し高かったけれど、尊敬するAV男優の愛用品だというので奮発した。セックスする時に、女の子の体を傷つけないために、爪はちょっと深爪になるくらい研いでおいたほうがいいそうだ。それが紳士のルールとのこと。

シュッ、シュッという小気味いい音が狭い部屋にこだまし、戦いに出かける前に準備をしている戦士のような気分になる。今夜は特にアポはいれていない。ユカさんとのセックスの記憶は、いつでも取り出せるくらいの脳みその浅いところにあったけれど、あえて考えないように頭の中で蓋をした。

自分の爪がシュッとすれていく音と感覚にだけ集中する。

そうして爪を研ぎ続けていると「おはよっす」と同じく遅番シフトの海斗が出勤してきた。

ナンパを始めてから、女を見たら、ヤれるかどうか考えるクセがついたみたいに、男を見ると、こいつの経験人数は何人だろうと思うようになった。海斗は今までどれくらいの女と寝てきているんだろう。人数では俺に負けていると思う。そう思うと、男として上に立ったような気分だ。店長もバイトリーダーも、みんな俺よりは下のはず。そう思うと優しくなれた。

俺は爪を研ぎながら一瞬だけ顔をあげて、海斗を出迎えた。

「ところで、お前、出会い系アプリやってない？」

そう言って、また手元に視線を戻すと、上から海斗の声が降ってきた。

「そっか」

「うん、近くで買い物してたんだけど、欲しいものなくて」

「今日早いね」

顔がカッと熱くなる。

ティッシュからはみ出て机に散らばった爪の削りカスの白さが、目に飛び込んでくる。

「え、なんのこと」とすっとぼけると、「これお前の写真じゃない？」と、海斗は自分のスマホを差し出してきた。

そこには、俺のティンダー画面があった。結構盛れている写真を使っていただけに、リア友に見られるのはこっぱずかしい。

「名前も一緒だし、これお前だろ」

体の中に異物を飲み込んだような心地がする。こいつは、もしかして俺のツイッターアカウントやナンパのことも知っているんだろうか。どこまで知っているのか。でも、このスクショは間違いなく俺だから、俺とやりとりしていた女の子が、海斗にチクっているのなら、言い逃れは出来ない。

なるべく平静を装うために爪を研ぐのを続けながら、俺はなんでもないことのように話す。

「いやー、実は、彼女欲しくて。これ、どうしたの？」

「彼女が『これ海斗の友達じゃない？』って言ってきて。あ、彼女が出会い系をしてるわけじゃなくて、彼女の友達がやってるんだって。で、スクショが送られてきた。でも、すごい偶然だな。お前、出会い系で彼女探してるのかよー」

なんだ、そういうことか。全然決定的なことは摑んでいないじゃないか。それなら警戒することなかったな。胸をなでおろしながら、「うん、まあ」と答え、指についた爪の粉をぬぐった。

ツイッターのことや、ナンパ師としての活動、仕事以外の時間を全て不特定多数の女とのセックスに費やしていることがバレたわけではない。堂々としていればいい。海斗め、ヒヤヒヤさせやがって。

ない？」

「こういうのって、いい女と出会えるもん？　写真と全然違う化け物みたいなのが来たりし

「うーん、たまに、ちょっと違う人が来たりもするけど、大抵大丈夫だよ。それに、最近は、ネトナンからクラナンにシフトしてるし……」

気が緩んだせいで、うっかり自分からナンパ師用語を口に出してしまった。思わず口をおさえたけれど、もう遅い。

「え、ネトナン、クラナンって何？」

「あーー……」

俺は一瞬頭を抱えたけれど、男同士ならわかってくれるだろうと腹をくくる。

「誰にも言わないでほしいんだけど……」

海斗には洗いざらい打ち明けた。ネトナンはネットナンパ、クラナンはクラブナンパの略であること。ナンパ師として活動していること。ナンパ師としての裏アカウントに結構フォロワーがいること。海斗は、当然アカウント名を知りたがったけれど「それだけは勘弁して。リア友に見られてると思うとつぶやきにくくなっちゃうから」と両手を合わせると、深追いはされなかった。

「この話も、リア友には初めてするんだよ」

「え、なんで。かっこいいじゃん、ナンパしてるのとか」

「ほんと？　かっこいい？　どうして？」

「だって、ナンパ出来るとか、男として強いじゃん」

　こんなふうに全面的に肯定されるのは予想外だった。

「ほんとにそう思う？」

「俺も彼女いなかったら、そういうことやってみたかったな」

「マジで？」

「うん。今しか出来ない遊びって感じ」

　海斗は笑ったけれど、俺には「今しか出来ない遊び」という言葉がひっかかる。遊びという言葉を軽く感じるほど、俺はナンパ活動に命……まではかけてないけど、真剣に取り組んでいる。そして、男と女の深いところを見て、心のつながりも得ている。たとえば、ユカさんとの関係がそうだ。ただ、セックスがしたいだけのそのへんのチャラい男とは違うんだ。一緒にしないでほしい……。けれど、そんな話を、ナンパしたことのない海斗にぶつけてもしょうがない。

帰りの電車の中で、ユカさんにDMを送った。

「ユカさん、朝はどうも。旦那さん、見つかりましたか？」

普段なら、セックスした後は、体の部位や行為中のことを冗談まじりに褒めるメールを送る。けれど、ユカさんとしたセックスはそういう類のセックスではなかった。今朝のことなのに、すでに記憶は曖昧だ。

ユカさんの胸は思ったよりも大きかったし、乳首の感度は良かったし、挿入も抜群に気持ちよかった。数時間前に一発しているにも拘わらずすぐにいってしまったことがそれを証明している。とはいえ、エロいセックスではなかった。セックスがエロくないという感覚は、今までに味わったことがなかった。それに、俺は初めて、自分の体が道具として使われている感覚になった。相手が俺の心ではなく、体だけを求めている感じ。俺は、セックスしたくせに、初めて傷ついていることに気づいた。女の子がよく言う「ヤり捨てされた」っていうのは、もしかしてこういうことかもしれない。

返事は来ないかと思ったけれど、案外すぐに来た。

「見つかってない」

「そっか、心配ですね。俺に出来ることはないけれど、寂しくなったらいつでも呼んでください」

「うん、ありがとう」

俺からは他に、会話を広げる話題もなく、そこでやりとりは途切れた。

工藤直人　　　　　　20歳

ナオ

『猫の鉛筆画』の人です。
絵を描いています

有名人というのは大変だ。

何が大変って、自分は何も変わっていないのに、いつもより腰を低くして「自分が有名でいられるのは皆様のおかげです」という態度を世間様に対して取り続けないと、途端にいい気になっていると思われる。

このわずかな期間の、周りの変わりようといったらない。

まず、大学で今まで僕を無視し続けていた女の子たちが、「絵、見せて」とか「テレビで見たよ」と、まるで昔からの仲良しみたいに話しかけてくれるようになった。女の子と喋れること自体は嬉しかったけれど、心の底では「お前ら、今まで僕の存在を無視してたくせに現金だな」と思わなくもない。中には「ねえねえ、●●の番組に出る予定はないの？」と有名タレントの名前を出して、「もし出ることがあったら、番組の観覧に行きたいんだけど」と露骨にアピールしてくる人もいた。僕は「今のところないけど、あったら教えるね」と、優しく応対したけれど、実際にそんな機会があったとしても、絶対に声をかけたりはしない。

僕は、僕の悪評が広がらないように、優しくていい人のフリ、今までの自分と変わらないどころか、より一層ウケのよい自分を演じるように心がけてはいたけれど、一か月前より少しだけ賢くなった気はしている。

まず、人間というものがよくわかるようになった。どうやら人生に大きなことが起こった時、周りにいる人が敵なのか味方なのかが、はっきりするようだ。敵、味方という区別は極端かもしれないけれど、損得で動く人間というのがあからさまにあぶり出される。

有名になってから近づいてきた人間を僕は心の中で、ほとんど見下していた。自分で上に行く力がない人間が、他人の力にすがろうとしてすり寄ってくることほど醜いことはない。モテたいとずっと思っていたけれど、今近づいてくる女の子たちはみんな僕じゃなくて、僕の後ろに透けて見える、お金とかテレビとかに興味があるのだ。実際、生でどんな芸能人に会ったかとか、連絡先を交換したかとか、誰が一番可愛かったか、かっこよかったかとか、そんなことしか、やつらは聞いてこない。お前らの見た目がどんなに可愛くても、僕は騙されないぞ。

大学の中だけでなく、近所のおばちゃんたちが、やたらうちの母親に取り入ろうとするのにもびっくりした。本人だけでなく、家族にも近づくんだなぁ。今までおすそ分けなんてくれたことのない隣の家のおばちゃんが、やたらおかずを分けてくれるようにもなった。そんなことしても何のお礼もしてあげられないのに。おばちゃんは「ナオ君は昔からよく知ってるけど、こんなことになるとはね」と近所に吹聴して回っているらしい。嘘つけ。お前、僕のことなんて何も知らないだろ。会ったら挨拶する以外に何の交流もないどころか、テレビに出る前は絶対に、僕のことを引きこもりのキモいオタクだっていう目で見てた。

変わったのは現実世界だけではない。僕をスターダムにのし上げてくれたネットも、また、変わってしまった。最初は絵に対する賛辞が嬉しくて、僕もコメントに返事をしたり、お礼を言ったりしていたけれど、テレビに出るようになってからは、誹謗中傷が、日に日に増えていった。


「絵はうまいけど、顔はキモいな」

「肌ブツブツだらけじゃん、汚ーーい！」

「顔出ししないほうがよかったよね」

「あの顔出したら、絵が台無し」

「なんか暗そう。見た目が疫病神っぽい」

「あの絵、海外のアーティストのまるパクリっしょ」

「テレビに出てからちょっといい気になってる気がするｗ」

「美大も出てないくせに、アーティストヅラすんな」

「どうせ一発屋」

「才能を感じない顔。作品もトレースでしょ」

ひどい言われようだ。作品はトレースではなくて、全てオリジナルだったし、パクリと名前を挙げられた海外のアーティストは全く知らなくて、作品も一度も見たことはなかった。顔とか肌のことは、気にしないようにしようと思っても、言われるたびに胸の中が焼けてチリチリとした。この顔で生まれてきたっていうのに、どうしろって言うんだよ。

テレビのために絵を描く生活にもうんざりだ。

鉛筆画は、描くのに結構時間もかかるし、集中力もいる。それなのに、テレビの連中は、番組の出演タレントの似顔絵を一週間で仕上げてほしいなんて言ってくる。僕はそのたびに、いちいちそのタレントの出演番組を見て、写真素材を集め、下準備してから描くのに、この時間と労力に対価は出ない。テレビは基本ノーギャラ、もらえて交通費程度の数千円。そのおかげで何百万人もの人に知ってもらえるのだから、それでも我慢すべきなのかもしれないけれど、テレビの制作会社の人のこっちを見下す態度……。「お前を有名にしてやってるんだ」という横柄な態度がことあるごとに垣間見えて、嫌な思いをした。僕が何も知らない田舎の童貞だからって、あいつらは僕を下に見てるんだ。

せっかく丹誠込めて描いた似顔絵も、直前に「明日、どうしても報道しないといけないニュースが飛び込んできたので、尺が取れなそうで、やっぱりいりません」と言われたこともあった。一体、人の労力とか気持ちとかをどう考えているんだろう。

数社のタレント事務所から、所属しないかというオファーがあったけれど、断った。事務所に所属したら、テレビ出演の数が増えてしまう。ちょっと出ただけでこんなに消耗するなら、テレビ出演を仕事にするなんて絶対に嫌だった。何時間もかけてせっかく描いたイラストも数十秒の出番ですぐにお払い箱になるし、プチ密着されて、四時間かけて撮られまくった映像も、オンエアで使われたのは数十秒。ずっとカメラが張り付いている生活は、気が休まらずストレスがたまった。うかうか鼻くそもほじれないし、オナニーも出来ない。それどころか、密着が解けても、まだどこかに隠しカメラがあるんじゃないかと疑ってしまって、自分の部屋が自分の部屋のように思えなくなった時もあった。そして、同じような質問に何度も何度も答えなくちゃいけない。

「いつから絵を描き始めたんですか?」

「全部独学なんですか?」

「一枚の絵を完成させるのにどれくらい時間がかかるんですか?」

「こんなに急激に有名になってどんなお気持ちですか?」

一度答えた質問でも、場所を変えて何度も撮る。別の番組に出ても、同じ質問をされる。どうでもいい質問に答えるうちに、僕はいつのまにか、かつては憧れていた芸能人たちを憐れむようになった。芸人さんとかも同じネタばっかりやらされて、つらいだろうな。

バカみたいな質問にちょっとでもイラついた顔をすると、そのまま全国にその顔が放映されるし、それはテレビ局の人の思う壺だ。僕にはどうも解せないのだけど、あの人たちは、僕をわざと怒らせようとしている節がある。僕のリアクションがあまりに薄いから、少しでも人間味のあるところを視聴者に見せようとでも思っているのかもしれない。けど、それに何の意味があるのかよくわからない。感じよく質問に答える僕の姿をそのまま流すことに、何か問題があるんだろうか。

三分のスタジオ出演のために、何度も打ち合わせして、服を買い、美容院に行き、一時間かけてテレビ局に出向き、一時間かけてメイクしてもらって、また打ち合わせして、ちょっとだけ出て、また一時間かけて帰ってきたことがあった。出演料はなく、交通費実費のみ。絵の宣伝になるかと思ったけど、絵のことはあまり聞かれず、お笑い芸人さんに、顔と髪についていじられて終わった。テレビで見ていた時は面白くて好きな芸人さんだったけど、大嫌いになった。冷静に考えて、人を下げて笑いを取るなんてとても下品な芸風だ。なんで今まで気づかなかったんだろう。

帰りの電車に揺られながら、ただ好きに絵を描いていた時のほうが幸せだったな、と思った。このテレビのために費やした時間で、いい絵が描けそうだった。

電車の窓から見た夕暮れの川がとても切なく見えた。

川の流れを見ながら、僕は決めた。

テレビ出演は、もうやめよう。

テレビに出れば出るほど、テレビの世界に元から住む人たちと、僕みたいに一瞬だけその場を借りる人間とでは、住む世界が全然違うことに気づかされた。むしろお茶の間で見ていた時のほうが、タレントさんとの距離は近く感じた。勇気を振り絞って楽屋に挨拶に行っても、一瞬すれ違うだけの素人の僕に、興味を持ってくれる人は少ない。それもしょうがないとは思う。向こうは、僕みたいに一瞬だけテレビに出て、一瞬でいなくなる人間を、いちいちまともに覚えてはいられないだろう。あの人たちはあの人たちで、目まぐるしい日常を生きている。

挨拶に行くとみんな、表面的にはいい顔で接してくれるけど、「お前とは仲間じゃない、勘違いするなよ」と心の中にビームが飛んでくるようだった。僕が立ち去った後に、他の共演者が挨拶に行くと「●●ちゃん、この間はありがとねー」と身内話で盛り上がっていたり、ブログに載せるための写真を一緒に撮っていたりする。僕が挨拶に行った時は写真を撮ろうなんて言ってくれなかったくせに。

もちろん、僕はタレントじゃないから、そんなことを望むこと自体が分不相応なのかもしれないけど、それにしても、もう少しテレビに出始めの素人に感じよく接してくれてもいいじゃないか。

お笑い芸人にいじられて、もうテレビに出るのはやめようと思った日、僕は久々に念入りにオナニーを楽しもうと思って、引き出しを開いた。とっておきの日に使おうと思っていたテンガのグッズを取り出す。去年の誕生日に、八代がくれたプレゼントだ。

オナニーと言えば、最近、僕のお気に入りの圭太というナンパ師のアカウントが不調だ。全然、女の子のハメ撮りをアップしてくれなくなってしまった。

その原因を探ろうとつぶやきをさかのぼると、どうやら、リアルな友人に出会い系アプリを使っていることがばれたのをきっかけに、ナンパへのモチベーションが下がっているらしかった。せっかくいいおかずを提供してくれていたのに。ここに声を出さないファンだっているよ、と伝えたい気持ちがむくむく湧いてきたけれど、そんなことは出来っこない。昔の僕ならまだしも、今、テレビに出ている僕がそういうことを言ったら、きっと面倒なことになる。

圭太の最新の連続ツイートを読む。

「僕もそろそろ、自分の人生と向き合わなくちゃいけないのかなと思いました」

「でも、このアカウントを作ったことは後悔していません。僕もそのうち、このアカウント自体消すかもしれません。でも、アカウントが消えても、僕の存在が誰かの心に残るといいなぁ」

「最近、仕事が楽しいです。ちょっと前まで仕事が好きじゃないから正直ナンパに逃げてました。でも、ナンパを本気で楽しむには、仕事も充実させたいと思ったし、それでナンパより仕事だって思ったら、それはそれで幸せだし」

「なんか人生ってものについて、今、深く考えてます。でもこれも、全部ナンパとこのアカウントのおかげです」

読んでいて、シラけた。なんだこの自分に酔いしれたポエムは。真夜中に衝動的に書いたのかもな。あとでツイ消しする可能性大。この人、ツイ消ししたり、ナンパやめる宣言して、アカウント消して戻ってきたりと、結構かまってちゃんなんだよな。

お前、全然面白くなくなったよ。ガンガンナンパして、ガンガンハメ撮りアップしてた頃の圭太さんに戻ってくれよ。装着しようと思っていたテンガを引き出しに一度戻した。これを使うのは、いいおかずが手に入った時にしよう。

それにしても、あんなにナンパナンパ言ってたのに、人って、ほんのわずかな間に変わるものだな。一体どっちが本当の姿なんだか。


いろんなものの移り変わりを感じる中で、前と全く変わらない八代の存在がありがたかった。僕が学業とイラスト活動の両立で忙しいせいで、ラインのやりとりはかなり少なくなっていたけれど、それでも、一日に何度かは、お互いの変顔やたわいもない話で盛り上がるし、数日に一回は通話もする。

八代は、ツイッターで出会って童貞をもらってくれたねねさんに、どっぷりと恋をしているようだった。

八代からラインで通話の着信があり、画面をつなげるといつも通りの八代の恋バナが始まった。

「俺、本当にねねさんに真剣で、ちゃんと彼氏・彼女になりたいのに、向こうは全然相手にしてくれないんだ」

八代が汚い部屋をバックに、ビールを飲みながらぶちまける。僕は机に座り、鉛筆とスケッチブックを机に広げ、手慣らしをしながら、適当に相槌を打つ。

「まあ、年齢差も大きいしね」

「でも好きなんだよね。付き合ってって言うとさ、『私には秘密がある』とか『普通の女の子とは違うの。あなたには受け止め切れない』とかって言うの」

「どこがそんなにいいの、八代」

「わかんねえよ。好きの理由なんてわかったら苦労しねえよ。でも、二回目のセックスをしたら、俺、ねねさんにハマっちゃったんだよ」

八代が苦しそうに言う。

セックスってそんなにいいんだろうか。僕にはまだわからない。それに、年上の女の人の気持ちも僕にはわからない。

そう思った時に、ピンと思い浮かんだ。そうだ、美香さんにでも相談してみようかな。僕の知っている、唯一の年上の女性だから。

音声をつなげたままツイッターを開いて、ＤＭの履歴をさかのぼって美香さんを探した。最近のやりとりは、テレビ出演に関するものばかりだから、結構さかのぼらないといけない。

ところが、何度いったりきたりしても美香さんとのやりとりが出てこない。おかしいと思って、「人妻の美香」で検索してみたけれど、やっぱり何も出てこない。そこでピンときた。美香さん、アカウントごと、削除したんだ。

僕は、心の端っこが凍ったような気分になった。

そういえば、僕がこんなふうに世の中に出るきっかけを作ってくれたのって、美香さんだったっけ。美香さんが、有名なツイッタラーさんに僕の絵のリツイートを頼んでくれたから、僕はブレイクしたんだった。僕は自分のことにいっぱいいっぱいで、そのお礼を伝えていなかったかもしれない。

言葉も感情も、その場でその人にちゃんと伝えないと、手遅れになってしまうんだな。僕はもう美香さんときっと一生会えない。お礼も一生伝えられない。

胸の奥がぎゅうっと締め付けられた。

美香さんが「将来何かのメディアにのったら教えてね」と言ってくれていた頃、僕は何者でもなかったのに。僕の絵の一番の応援者、最初のファンを僕はなくしてしまった。

裕二　　　　　　　　21歳

このアカウントは永久凍結されています。

Twitterでは、Twitterルールに違反しているアカウントを凍結しています。

ここ数週間で、人生というものの儚さを思い知った。

確かなものなんて何もない。ずっと続くと思っていたもの、俺のアイデンティティだと思っていたものが、前触れなくあっけなくなってしまった。それが何かの因果だとも思えない。理由なんてないまま変化というのは突然訪れるのだ。

「暇な医大生」アカウントが凍結され、恭平さんがいなくなった。たった二つの要素が抜けただけで、俺の人生は根底からガタ崩れ。生活の脆さを噛みしめている。

恭平さんがいなくなるということは、自動的に仕事がなくなることを意味する。デリバリーホスト会社は、会社と言っても名ばかりで、実質は恭平さんが一人で運営していたにすぎない。顧客とのやりとりは、恭平さんが全てやっていた。副社長なんてものもいない。こうなるともう、先月働いた分の給料さえ、振り込まれるかどうか怪しい。恭平さんを疑いたくはないけど、俺はもう半分、給料はあきらめていた。人が一人いなくなるには、それなりの理由があるはずだ。ましてや、奥さんのユカさんを置いていなくなるなんて、どうかしてる。

よく知り、尊敬していたはずの恭平さんだけど、今となっては、もうわからない。人なんて、簡単にモードを切り替えられる生き物だ。薄情になろうと思えばいくらだって薄情になれる。俺だってそうだ。さっきまで愛をささやいていた相手に対して、時間が来たら「また予約してくださいね」と背を向けて、飄々と帰宅出来る。

人は多面的な存在だというだけのことかもしれない。一方で誰かに優しくしながら、誰かを裏切ることだって、やろうと思えば簡単に出来るんだろう。俺だって、ネット上で別の人格で発信し、デリバリーホストで疑似恋愛を売りつけていたのだから、人のことは深く追及出来ない。

それにしても、恭平さんだけは裏切ることはないと思っていたけどね。だって、こういう仕事をする者同士、深い部分でつながっていると思っていたから。理想とかビジョンとかではない。後ろ暗いものを共有する者同士の独特の湿った信頼関係が築けていたと思っていたけれど、それは俺の一方的な勘違いだったみたいだ。

他のホストもみんな俺と同様、恭平さんが消えたことに動揺しているだけで、誰一人として、恭平さんの行方も、手がかりになるようなことも知らなかった。

デリバリーホストは開店休業状態。他のホストたちはみんな本業が別にあり、ただちに食い扶持に困るわけではなさそうで、一番状況が深刻なのは俺だった。俺はこの仕事をこれから、真剣にやっていくつもりで、恭平さんに相談したばかりだった。どうしてこのタイミングで、いなくなってしまったんだろう。こんなことなら何人かのお得意さんに、直接の連絡先を聞いておけばよかった。

とはいえ、嘆いていても、腹は減るし家賃はかかる。この世でタダで手に入るものなんて、自分くらいで、それ以外は全て有料なんだ。

俺は俺の人生について真剣に考え始めた。たとえばだけど、デリバリーホストの会社を自分で作っちゃえばいいんじゃないの。そうすれば、自分の稼働分だけでなく、登録しているホストたちからの手数料分も儲かる。恭平さんがいなくなって困っているホストたちに協力を仰げば皆喜んで登録するんじゃないだろうか。とはいえ、ホスト同士で仲がよいわけではないので、大変だ。それに、会社って一体どうやって作ればいいのか。

ユカさんも、最近、仕事を探しているらしい。最初はあらゆる失踪事件をググって、自分と似たような状況を洗いざらい挙げて「キャバクラ嬢と失踪した事例がある。裕二君、恭平の行きつけのキャバクラとか知らないよね？」などと連絡が来たけれど、次第に止んだ。一度夜中に、「恭平の本当の仕事はなんだったの？」と連絡が来たけれど、俺がいつも通りに「人材派遣ですよ」と答えたら、あきらめたのか、それ以上は聞かれなかった。

その後、「家賃を払い続けるためにバイトを探すかも」という連絡が来て、それっきりだ。どんな仕事をするんだろうか。

とりあえず俺は、他にやることもないし、これからどうしていいかわからないから、大学に行くことにした。学校なんてまともに行こうと思ったことはなかったけれど、よく考えたら安くはない学費を払っているのだった。ほとんど出たことのなかった必修の授業も、最近は真面目に出ているし、暇な空き時間は図書館に行って、本を読むという新しい習慣が出来た。うちの大学は図書館だけは充実していて、最新のビジネス書やベストセラーが比較的すぐに借りられる。

俺は大学生活にのっけから意欲を持っていなかった。模擬試験で合格点を下回ったことはほとんどなかったというのに、なんの奇跡か、希望していた大学の医学部に全落ち。浪人することを何度も考えたものの、家の経済状況的にも、俺自身の精神的にもそれは無理だった。実力が足りなかったのなら、あと一年じっくり腰を据えて勉強して成長しようと思えたかもしれない。けれど、実力は十分だった。運が俺を見放した。何をしくじったかはわかっている。あろうことか、得意な物理で凡ミスをしてしまったのだ。センター試験の大問の一問目が、「こんな基本的なことを聞くか?」と驚くほど基礎の基礎とも呼べる知識を問う問題だったので、俺は深読みして、真逆の答えを書いてしまったのだ。そして、その一問目を基準にした大問を全部落とした。

高校の担任も予備校の講師も、俺の合格を信じて疑ったことがなかったから、もしかしたら俺以上に俺の戦績に驚いていた。

俺もしばらくは呆然としていたけれど、間違えようがないところで間違えたのは、神様の采配だと考えを改めた。俺の長所はポジティブ転換出来るところと、運命に逆らわないところだ。医学部に行っていたら、うっかりミスで人を殺していたかもしれない。それを防ぐために、神様が俺を落としたのだ。きっとそうに違いない。俺は自分を納得させ、滑り止めで唯一受けていた文系の商学部におとなしく進んだ。

小さい頃から医者になると決めていたから、医者という夢が絶たれた俺は、糸の切れたタコのようにふわふわと、その場その場の風向きに合わせながら、大学生活を送っていた。大学に染まることは、俺のプライドが許さなかったから、授業は適当に出たり出なかったりで、友達もあまり作らず、サークルも入らず、大学以外に居場所を求めた。その結果が、ツイッターの匿名アカウントとデリバリーホストなのだ。

けれど、どちらも失った今、すっかり普通の大学生に成り下がってしまったな。俺の生活は一気に灰色。刺激も何もない、落伍者の人生。けれど、これもまた、次の何かをするまでの仮の姿だと思いながらやり過ごすしかない。俺は一体、何になっていくんだろう。時々、十年くらい時間をすっ飛ばしたくなる。何をやるか、何になるか選ぶのが面倒なのだ。どこかに俺というコマを置いてくれれば、そこでうまくやる自信はあるんだけどね。いつも何かの途中のような感覚。一体どこにたどり着いたらこれは消えるんだろうね。

金曜日。ユカさんの家に行く。

「今日は、なんかガッツリしたものを食べたいです」

そう言って朝のうちにリクエストを送っておくと、ユカさんはそれに応じた献立を用意してくれる。他にやることがないいんだろう。せっかく料理がうまいのだから、それを生かせる仕事でもすればいいのに、働くことにはまだ抵抗があるみたいだ。もしかしたら働くことそのものよりも、今の生活が変わることが怖いのかもしれない。恭平さんの不在が平気になったら、それこそ、二度と彼は帰ってこないと思っているフシがある。だから、自分自身に不在を強く意識させるためにあえて働いていないのかも。

「ユカさん、自分の両親にも、恭平さんがいなくなったこと、言ってます？」

「もちろん言ったよ。隠してもどうしようもないし」

「驚いてましたよね？」

「うん、驚いてた。警察に届けを出しなさいって言われたから、もう出してる、出来ることは全部してるって言ったら、黙っちゃったよ」

ユカさんは、微笑ましい話でもしているかのように、かすかに笑う。

「それで？　他に何か言われました？」

「そうだなー。力になれるなら、なんでもするって言ってもらったけど、この状況でやってもらえることなんてないよね」

「そうですね。下手に動いたら、恭平さん帰ってきづらくなっちゃうかもだし」

「そうなの？　帰ってきづらくなっちゃうのかな？」

「いや、わからないですけど」

「両親は、実家に帰ってきたら？　って言ってくれてる。でも帰ってもやることはないんだよね。もう私は一回家を出てるんだから、お父さんとお母さんには、二人の生活があるじゃん。そこに舞い戻って引っ掻き回すことは出来ないな」

「でも、子供が家にいて、嫌がる親なんていないんじゃないですか？」

「だから余計嫌なの。向こうも私も居心地がよくなったら、一生そのままになっちゃいそうで」

　ユカさんにはユカさんの考えがあるんだろう。

　恭平さんは、事件に巻き込まれているのだろうか。それとも、ユカさんとの生活から逃げ出したんだろうか。理由がわかれば動くことも出来るけれど、それがわからないから、どうしようもない。恭平さんがいなくなった理由をユカさんと話すことは、ユカさんのギリギリつながっている心の皮を破ってしまいそうで怖かった。だから、核心部分には触れずに、これからの生活のことだけ話すようにしている。

大学の図書館は淀んだ臭いが、場末のラブホテルと似ている。特に地下に行くと、湿っぽく、人気(ひとけ)も少なく、世界から取り残されたような気持ちが、昼間に窓がなくて狭いラブホテルにいる時の気持ちと似てるんだよね。俺はいつもの定位置を地下二階と決めていた。地上にある自習室はいつも混んでいて、席取りが難しい上に、見回りが頻繁に来るのだ。地下だと人が回ってこない分、こっそり飲食しやすいし、長時間使っていても咎(とが)めるような視線を感じない。

今日は授業にはほとんど出ずに、図書館で一日を過ごしていた。特に目的もなく、話題のビジネス本や自己啓発本を拾い読みして、ツイッターを適当に眺めて夕方までの時間をつぶす。

最終のチャイムが鳴る頃、そろそろいい時間だと思って、図書館を去った。電車を乗り継いで広尾駅からユカさんの家に向かっていると途中でラインが来る。バターを買ってきてほしいということだったので、俺は駅近くのコンビニでバターを買い、ついでに、お土産のつもりのヨーグルトを何種類か買った。

「ポイントで払います」

おとなしくカードを読み取ってくれるレジの店員の胸元には、読めない漢字が印字してある。最近のコンビニの店員さんには、いろいろな国の人がいるなぁ。みんな、母国を離れて、こんなに文化の偏った国で一体何を学んで、何を考えているんだろう。ひと昔前だったら、日本に来たら稼げたんだろうけど、最近はそうでもないとネットの記事で読んだ。日本以外の国の発展はすごいらしい。この国には、わざわざ住んで学ぶだけの魅力的なものがあるんだろうか。あるとしたら、俺はなんでその中で暮らしていながらその魅力に気づけないんだろうか。少しなまった「ありがとうございました」を背に、俺はぶらぶらと駅からユカさんのマンションまで歩いた。

マンションに到着すると、森のような庭を通って、ユカさんの住む棟を目指す。この森を通る時いつも、囚われた姫を助けに行くような気持ちになる。この場所に、ユカさんはいつまで住むつもりなんだろう。そして俺はいつまでこんなふうに彼女を訪問するんだろう。森のような庭はいつも緑の匂いでいっぱいで、この匂いをかぐたびに、ああ、今からユカさんに会いに行くんだ、という気持ちになる。

ロビーでいつものコンシェルジュに挨拶をした。

そろそろ顔を覚えられてもよいはずだけど、受付にいるお姉さんは、それが礼儀だとでもいうように、「いらっしゃいませ」と他人行儀にお辞儀をしてみせる。

インターフォンを押すと、中から「あいてまーす」という声。

もう勝手も知っているので、ドアを開けて、まっすぐキッチンに向かう。

「バター、買ってきました」

ありがとう、とユカさんが調理をしながら答える。

この家のキッチンは広く、設備が整っている。大きなオーブンに、名前もわからない電子調理器具がいろいろ。電子レンジも、これで焼くと余分な脂が飛ぶという最新のものだ。

「あと、お土産にヨーグルト。朝とかに食べてください」

そう言って、冷蔵庫にヨーグルトを入れた。

冷蔵庫の中にも、横文字の書かれた調味料やら何やらがたくさん入っている。

「わーい、ヨーグルトありがとう。裕二君は、ちゃんと学生らしい生活を送っているの？」

「そこそこ」

「所属する場所があるっていいね」

ユカさんは揚げ物をしながら、羨ましげにため息をついた。深めの鍋の中では、鶏の胸肉がきつね色になっており、バットには揚げたてのカボチャが並んでいる。俺は冷蔵庫から勝手にルイボスティーを取り出して、グラスに注いだ。邪魔にならないようにキッチンの端っこの壁によりかかって飲む。

「煩わしさもありますよ」

「そうかなぁ。何か大学のことを聞かせてよ」

ユカさんがせがむので、俺は、特に思い入れもない大学のことを懸命に思い浮かべた。入学してから今まで、特に人に話すようなエピソードがない。

「別に変わったことなんてないですよ。俺、大学に力いれてないんですよね」

「じゃ、なんで大学入ったの？」

「見栄えがいいからと、何も考えなくて済むからですかね。日本の大学なんて、四年間ほぼ遊べるじゃないですか」

「そうなの？　私、専門学校しか行ってないから大学ってよくわからないんだよね。裕二君の大学なんて、みんなが憧れるいい大学じゃない。楽しいことなんて山程ありそうだけど」

「ハタから見ると、そんなに楽しいことなんてないですよ。まあ、サークル活動に命かけてるやつとかはいますけど……。あんなの、大学出た後に別に何も残らないじゃないですか。残らないもののために頑張る人の気が知れないんですよね、俺」

「そう？　何かしらは残ったり、何かにつながるんじゃないかなー。じゃあ、裕二君は、何なら残ると思うの？」

俺は答えにつまったけれどユカさんは気にもとめないようで、炊飯器から炊きたての白米を茶碗によそって、俺の目の前に差し出した。

「これくらい？」

「もうちょっと多めで」

「これくらいかな？」

白米が少し足された茶碗を渡されて、リビングのテーブルに運ぶ。炊きたてご飯、チキン南蛮と、別添えになったたっぷりのタルタルソース、サラダ、揚げカボチャ、焼き大根のマリネ、ナスとキュウリの浅漬け。まるで定食屋のように豪華な食卓。

「めっちゃ豪華！『ユカ食堂』って感じ。ほんと、ユカさんは、お店開いたほうがいいですよ」

「じゃあ、開いちゃおうかな……なんてね。裕二君は口がうまいね。さ、食べよっか」

ユカさんはエプロンを取り、ダイニングチェアの背にかけた。

いただきます、と二人で声を揃えて食べ始める。揚げたての鶏の胸肉は肉汁がじゅわっと染み出し、酸味のあるタルタルソースとの相性も抜群で、カボチャはホクホクとしている。

俺はおかずを全て平らげ、ご飯をお代わりした。以前のような肉体労働はなくなったのに食欲は全然落ちない。このままだと太るかな。ジムとか通ったほうがいいかもしれない。見た目がだらっとするのはよくない。

「ユカさんは、これからの人生どうするんですか？」

「んー。考えてない」

「でも、考えないわけにはいかなくないですか？」

いつまでもこんなふうに、全てが中途半端なままの生活を送るのはユカさんにとってよくないと思う。

「だって、恭平が帰ってくるかどうかもわからないのに、何も決められないよ」

ユカさんは、何もわかっていない。

「酷なことかもしれないけど、もう帰ってこないですよ。恭平さんは。帰ってくるかもしれないけど、帰ってこない前提で考えないとつらいだけだし、いつまでも動けないじゃないですか。現実を受け入れなきゃ」

ユカさんに偉そうに言いながら、そういう俺は、医学部に落ちたという現実を受け入れてないじゃないかと思った。いつも、どこにも属していない気持ちになるのは、何かから目をそむけているからかもしれない。

人にかける言葉は全て自分へのブーメランになるものだ。自分のことは何も見えていないくせに、人のことはなんでも見通しが良くて困る。

ユカさんはしばらく何も答えずにもくもくと浅漬けを嚙んでいて、シャクシャクという妙に歯ごたえの良い音が二人の間に響いた。

ユカさんは浅漬けをようやく飲み込み、ため息を吐くように言う。

「私は、裕二君と違って弱いからなー。頭も心もそんなにすぐに切り替えられない」

「俺も強くはないですよ。でも、強くないからといって、ずっと現実を受け入れないわけにはいかないでしょ。時間はどんどん経っていくんだから。未来から考えたら、今日が一番若いんですよ」

なんだかとってつけたようなクサいことを言ってしまった。

最近読んでいた自己啓発本の影響だと思う。

けれど、その言葉は、妙にユカさんに刺さったみたいだった。

「そうだね。このまま何も考えなくても、年ばっかりとっていくよね。それはわかってるんだけど……。なんかもう、最近、自分の弱さばかりが身にしみる。弱くても戦っていたら、いつか強くなれるかなぁ」

伏し目がちなユカさんのまつ毛が閉じたり開いたりするのを見つめながら、俺は「なれますよ」と笑った。

けれど、なんとなく気まずくなって、その後の会話は、ぎこちなくなってしまった。俺は大学の必修授業担当の老齢の教授の妙なクセのことなんかを話して笑いをとろうとしたけれど、ユカさんの心はどこかにいっているようで、笑い声は弱々しく、笑顔はとってつけたようだった。

ご飯を食べ終わり、お茶碗を流しに運んだ後、いつもならそのままリビングでゴロゴロさせてもらうのだけど、どうも居心地が悪いので俺は帰ることにした。帰る前に、少しだけグラスに残っていたルイボスティーを飲み干す。

「裕二君って、なんでこんなにうちに来てくれるの？」

「さぁ、なんでですかねー。一番は、美味しいご飯に飢えてるからですけど、ユカさんを放っておけないからっていうのもあるかもしれませんね。それと、俺も心のどこかで恭平さんが戻ってくる可能性を信じているから、恭平さんの気配がする場所にいたいんだと思いますよ」

「そっか。裕二君は将来何になりたいの？」

「んー、わかんないですね。なんか承認欲求が満たされる仕事がいいです」

「承認欲求、満たされたいの？　意外だなー、裕二君みたいなイケメンが。そういうのって、モテない記憶が頭にこびりついた人が言いそう。自分がモテなかったことの復讐を、大人になってからするんだよね。そういう人を一人知っているから言うんだけど」

「へー、どんな人ですか」

「ネット上でナンパとかしてる人」

「あー。モテなかった人に限って、いい年になってからナンパとかにハマるんだよな。でもその気持ち、わからなくもないです。その人に近い気持ちを俺もきっと持ってますよ」

「なんで？　裕二君はモテてきたでしょ」

「モテなくはなかった気がするけど。実際にモテたかどうかとかじゃなくて、自己認識なんですよ。俺は俺で、満たされない気持ちを抱えた時期があったし、挫折もあったし、その中で、どうやったら自分の人生に折り合いをつけられるかとか、どうやったらこれまでの自分の人生に起きたことを肯定出来るのか、模索しているんです。人生なんて自己肯定のための旅ですよ」

「達観してるねえ」

「してますか」

ユカさんは笑いながら、自分のグラスに入ったルイボスティーを見つめている。まつ毛が長い。

「ユカさんにとって、人生はなんのための旅ですか？」

「なんのためだろうねー。今までだいぶ、流されてきたからなぁ。あんまり舵取りしたことないから、目的地も決まってないかも」

その後、少しの間静寂が流れた。ユカさんは、また、グラスのルイボスティーを見つめて、何か考えているのか、いないのか、黙っている。テレビの上にかけてある時計の針が、12時を回るのを見て、俺は言った。

「今日は帰ります」

「あら。せっかくだし、もう少しいたら？」

「いや、明日提出のレポートやってないんで」

嘘だった。いつも俺は大学を都合よく言い訳に使う。

「そっか、じゃあ仕方ないね」

別れ際、ユカさんは、人と話したり誰かのためにご飯を作ると気が紛れるから、これからも定期的に来てほしいと言い、俺は深くうなずいた。

愛　　　　　　42歳

ねね＠童貞ハントＦカップ

アラフォーのドＭです。都内在住。
童貞さん、学生さんウェルカム。ＤＭ、
リプ、気まぐれだけどちゃんと返します

いつも目にしている風景が、ことさら虚しく見えるのは、自分の感情がそれだけ波立っているからだろう。いやに整然としたオフィスの中で、紙の資料が溜まっている私のデスクは、そこだけ余計なもののように、浮き出ている。

部屋が散らかると心の中も散らかるとか、逆に心の中が散らかると部屋も散らかるとはよく聞く話。私は、帰りの支度を始めている同僚をよそに、ゆったりとデスクの整理を始めた。ハンコを押して、ポストに投函しなくちゃいけない契約書、午後の打ち合わせの前にリップを塗り直した時、出しっぱなしにしていたコスメポーチ、小腹が減った時のための明治のミルクチョコレート、次のプレゼンのための資料として使っているマーケティングの本……一つ一つ手には取るものの、どこにしまっていいかわからずに、また机の上に戻す。仕事が片付かないとデスクは片付かない。そして、仕事は細かく多数のものが同時に進行しており、一段落することもない。つまり、片付けなんて出来っこない。せっかく片付けようと思ったのに、デスクを片付けるという簡単なことでさえスムーズにはいかず、苛立ちは募っていくばかりだ。

今日は嫌なことがあった。新規のプレゼン案件のための打ち合わせで、私の案ではなくて、後輩の案が通ったのだった。そして、チームリーダーではなくサポートとして働いてほしいと上司からお達しが来た。

今度の案件は女性向けファッションサイトの認知拡大のためのキャンペーンで、私は、ツイッターを利用したプレゼントキャンペーンで幅広い層の認知を取ろうとしたのだけれど、後輩の案は、インスタグラムを利用してコアなファンを満足させながら時間をかけてブランドの認知向上を目指すというものだった。上司の目には、後輩の案が魅力的に映ったらしい。

インスタグラムって、私にはよくわからない。一般の女の子が、まるでモデルのように着飾ったり、ポーズを決めて「今日のコーディネート」をアップしているのを見ると、気恥ずかしさで背筋がぞわぞわしたし、ツイッターと違ってごちゃついている。それに、ツイッターとインスタグラムでは明らかに人間の層が違うのだった。人間の底辺のような、汚い、そして同時に人間らしい愚痴やありのままの本音に出会えるツイッターと違って、インスタグラムで出会うのは虚構ばかり。ツイッターが生活をそのまま出している現実だとしたら、インスタグラムはおとぎの国だ。けれど、生々しい生活が垣間見えるツイッターよりも、完璧に見えるインスタグラムの世界のほうが痛々しく見えてしまうのは、なんでだろう。私がスレているせいだろうか。

たとえば、インスタグラムを回避していると「絶対これ、一人では全部食べられないよね」とつっこまざるを得ないような、くどくどしい生クリームたっぷりのデザートを、足が折れそうなほど細い女の子がこれ見よがしにアップしている光景にぶち当たる。私と同じように、この子も指を喉に突っ込んで、食べたものを吐いているんだろうか。それなら許せるけど、これだけ高カロリーなものを摂取していて太らないのだとしたら、その不公平に絶望する。可愛い女の子、凝ったアクセサリーやファッション、色とりどりのスイーツ……隅から隅まで輝かしい日常。――最近の女の子のインスタを見ていると、息が苦しくなってくる。

私は、調査のために開いたインスタグラムを閉じた。今日は家に帰ったら絶対に、めいっぱい食べて、吐いてやるのだ。それを考えると少しだけ、沈んだ心が浮かび上がった。

帰り道、いつものコンビニに寄り、過食のための材料を買う。

入り口でおなじみのメロディーに迎えられ、買い物カゴを手に取る。

菓子パン。チョコレート。アイス。おにぎり。餅と芋は、吐きづらいから避ける。前に干し芋を吐こうとしたら、全然吐けなくて焦った。気分が悪くなるほど大量の水を摂取して、胃の中で芋をふやかして、なんとか半分は吐いたけれど、後の半分は出てこず、翌日は食べすぎと嘔吐の後遺症で、顔はぱんぱんだったし気分は最悪だった。

快楽のために食べるのだから、たとえ後から吐くといってもなんでもいいわけじゃない。安いけれど美味しいものを選ぶ。それがこだわりだ。お腹をただいっぱいにしたいのではなく、喜びでいっぱいにしたいのだ。好きなものを好きなだけ食べて、それでも吐けば太らないという全能感は、明日を生きる自信に変わる。

さて、と。会計を終わらせ、ぱんぱんのコンビニ袋二袋と共に家に向かう間、スマホに通知が来た。引っ越し屋で働く出稼ぎ野郎こと、八代君。これは私の最近のもう一つの悩みのタネでもある。

困ったことに、この人、私に夢中なのだ。

裏アカウントで出会った人とはガチ恋をしないというのが私の唯一の裏アカルールだったのに、そしてそれを伝えているにも拘わらず、二回目のセックス以降、八代君からまるで恋人のようにひっきりなしにラインが来る。恋人、じゃないな、ストーカー的と言ってもいい。来るのは典型的な俺通信。これから仕事だとか、弁当食べたとか、仕事がきついとか。こちらが返事をせずとも構わずに次から次へと送ってくる。好かれること自体は嫌な思いはしないけれど、なにぶん、相手が若すぎる。そして、同時に弱すぎる。弱すぎるというのは恋愛における戦闘能力のことだ。八代君はつい先日、私に童貞を捧げてくれたばかり。恋愛のかけひきなんて、きっと経験がないのだろう。送られてくるメッセージも、ひねりが全くなく、こまめであるという点は評価出来たけれど、こちらから返信したくなるような要素が全くない。質問をいれたり、文面に面白みを持たせたり、もうちょっと楽しませてくれないものだろうか。練習のやり方もわからず、とにかく量をこなせばうまくなると思っている素人野球部員みたい。ほとんどを既読スルーにしているのだけど、たまに気まぐれでスタンプをポンと適当に返してやると、それだけで舞い上がって「返信いただけて嬉しいです！」なんて返してきちゃって。バカでしかない。

そんなふうに多少うんざりしながらも、同時に彼の純粋さが羨ましくもなる。なんでこんな簡単に人を好きになれるんだろう。まだ私の表の顔……勤めている会社も、本名も何も知らないっていうのに、数回寝ただけでどうしてこんなに執着出来るのか。その単純さが羨ましい。恋愛が全部こんなふうであったら、人生がどれだけ楽だったか。

33歳で、結婚しようと約束していた人にフラレたけれど、その致命的な失恋の一つ前、20代の後半に付き合っていた男は私に一生残るほどのトラウマを残した。彼は典型的なＤＶ男だったのだ。

出会いは仕事の打ち合わせで、彼は私が担当した広告案件のクライアントだった。仕事が終わってからも何度も連絡があり、食事に誘われ、猛烈に口説かれた。草食男子と呼ばれる淡白な男性が多い中で、ちょっと珍しいくらい情熱的な人で、押しに弱い私はすぐにクラクラとなった。

一緒に取り組んだ仕事でもリーダーシップを発揮し、彼の後輩に社内での彼の評判を聞くと、誰からも信頼されている出来る男の見本のような人だと言われ、惹かれた。けれど、クライアントと付き合うことは、立場上どうなんだろうと最初は自制していたのだ。ところが、彼があまりにも堂々とアタックするので、周りにもそれが伝わり、応援してくれるようになり、やがて背中を押される形で付き合い始めた。そこまでは、どこにでもある微笑ましい話。

物語が急展開を迎えるのはここからだ。彼は付き合ってから別人のように変貌した。発端はなんだったかもう忘れてしまったけれど、私が机の上に出しっぱなしにした給料明細を彼がたまたま見てしまったことかもしれない。私のほうが稼ぎがいいことに、彼は密かに傷つき、しかしそれを直接口には出せずに、横柄な態度で私にあたることで、自分のプライドを保とうとした。そこからだんだんエスカレートしていった。

ほどなくして、彼は食事も買い物も、全て当然のように私に支払わせるようになった。しかも、お店では彼が支払いをして、人前ではあくまでもいい彼氏を演じる。そして店を出るなり、私が彼に同額を手渡さないといけないルールだった。一事が万事このペース。外では理想のカップルを演じつつも、家に帰れば暴言の嵐。

こちらの家のほうが会社に近いからとうちに転がり込んでからは、私の家に我が物顔でのさばり、私を召使いのようにこき使った。掃除が完璧でないと言っては怒鳴られ、仕事や飲み会で遅くなると、スマホの着信が彼で埋まった。遅くなった日は、内側からチェーンロックをかけられて、家に入れなかったりもした。「お前なんて価値がない女だ」「ブス、バカ、年増」と毎日毎日ひどい言葉を浴びせられた。けれど、しばらくして我に返ると、「さっきはごめんね、俺ひどいこと言ったね」と泣きべそをかきながら謝ってくる。典型的なDV男だと頭ではわかりながら、謝る彼の打ちのめされたような顔を見ていると、悪いのは自分だという気持ちになってきて、なかなか別れられなかった。

　私だけではなく、彼は私の家族や友達のことも口汚く罵(ののし)り、「レベルの低い人間に囲まれているからお前のレベルも低いんだ」とひどいことを言った。最初は「私の大切な人たちに向かってなんてことを言うんだろう」と憤りを感じたけれど、毎晩毎晩そんなことを繰り返し言われるうちに、だんだんと「私は、価値のない人間に囲まれた、最も価値のない人間なのだ」と自信がすり減り始め、そんな気持ちは自己暗示になり、仕事でのミスも増えた。

　それでも八か月ほど付き合ったけれど、ある時それまでは言葉の暴力だけだった彼が、私の顔を一方的に殴った。殴られた原因は、彼に買ってきてと言われた栄養ドリンクを買うのを忘れて帰宅したことだった。殴られた箇所は、まるで下手な特殊メイクのように冗談みたいな紫に変色した。その痕は日が経つにつれ、花びらが散る時のようなカサカサとした茶色に変わっていった。それで完全に目がさめて逃げるように引っ越した。ちょっと夜逃げに近かったようにも思う。

彼はその後、会社にまで電話をかけてきた。その後もあらゆる手段で何度も復縁を迫られたので、会社の人にも事情を説明し、相手からの連絡は一切取り次がないようにしてもらった。

ほどなくして、相手の会社の偉い人にもその話が伝わり、彼は花形部署から、ぱっとしない部署に異動させられたらしい。あの時はずいぶん会社に迷惑をかけた。みんないい人だから、そのことで意地悪なことを言われることもなかったし、その恩に報いようと、私はそれまで以上に仕事に没頭した。けれど、もういい年の女なのに、恋愛沙汰で会社に迷惑をかけたことは申し訳なく、同時に恥ずかしく、私のキャリアの大きな汚点となった。

それ以来男性に嫌悪感を抱くようになり、男という生き物に復讐するように、不特定多数の人と寝ることがクセになってしまった。

結婚の約束をしていた彼にフラレた理由も、彼のことを心から信頼しきれなかったからだった。彼は2歳年上の、家の近所のバーで出会った男で、学歴はないし、お金がたくさんあるわけでもなかったけれど、ベンチャー企業で働きながら、趣味の音楽でたまにライブをして、休日には仲間とバーベキューをする。そんな普通の、いい男だった。子供が大好きで、早く結婚したがっていた。

付き合っている間、勘のいい彼は私の過去の恋愛のトラウマを見抜き、俺のことは信頼しろとか、もっと楽にしていいんだよとか、俺が全部受け止めるからとかよく言ってくれたっけ。自分では、彼を信頼しているつもりでいたのだけれど、どこかでやっぱり「男になんて期待しちゃいけない」という不安があった。だから、彼の愛情を試すように何度も何度も浮気した。そのうちバレたのは二回だけ。一回目の浮気は、泣きながら謝ったら許してもらえた。「俺もお前が不安にならないように頑張るから」と彼が言ってくれて、私ももう浮気はやめようと思った。けれど、やっぱり、彼が優しいことや、たいして出来た人間でもない私を愛してくれることに不安を感じてしまい、その不安は、彼の愛を感じれば感じるほどに大きくなっていったのだ。そして、彼に裏切られるより前に、自分が裏切らないと、また傷ついてしまうという気持ちは強迫観念のようになっていた。

私はその後も何度も浮気を繰り返し、そのうちの一つがバレるべくしてバレた。

彼はうちひしがれ、その後、しばらくしてフラレてしまった。彼に新しい女がいたのかどうかはわからない。たぶんだけど、いなかったと思う。単純に私が彼を試してしまうことに疲れたのだろう。私は大泣きしたし、心から後悔したし、自分を責めた。一か月、食事が喉を通らなくなった。あんなにつらい別れは人生で初めてだった。

けれど同時に、別れの直接的な理由が自分の浮気であることにどこか安心していたと思う。

もしもこれが彼の浮気だったら、私は再起不能なレベルに壊れていたはずだ。裏切られる前にこちらから裏切れてよかった、という気持ちが絶望の中でかすかに私を支えた。

一か月ぶりに食事をした時、自分が普段食べていた量がわからなくなり、「ずっと食べていなかったのに、いきなり食べたら太る」という気持ちから、食後、食べたばかりのものを吐いた。ぱんぱんになった胃が一気に軽くなると、体だけではなく、気持ちも心なしか軽くなった。それがだんだんとエスカレートして過食嘔吐の習慣になっていった。

こんなふうに人生が不名誉な傷だらけで、精神に異常を来している私を、男性が心から好きになってくれるはずがない。もしも好きになってくれても、私の全てを見たらたちまち手を引いてしまうだろう。その後は男性に期待せずに、浅い関係だけを続け、関係が深くなってしまいそうな恐れがある時は自分から積極的にフェードアウトしていった。

コンビニから徒歩四分。陰気な暗い川沿いの道を歩いたところに、うちのマンションはある。八代君からのラインには「仕事が早く終わったので、ねねさんに会いたいです。会いたくてしょうがないです」と書いてあるが、無視した。

私のルールでは、同じ人と寝るのは二回までだ。君の出番は終わったの、八代君。

返事をしないままラインを閉じて、アップルミュージックを開き、イヤフォン越しに失恋ソングを聞く。

暗闇の中に気持ちのよい風が通りすぎ、耳元でピアスがゆらゆらと揺れるのを感じた。歌詞が、メロディーが、体を包み、まるで自分がＰＶの中にいるような気持ちになり、大股になる。

すっかり上機嫌でマンションのオートロックを開けると、住民しか入れないはずのマンションのロビーに八代君がいた。

「ねねさん！」

「え、なんでいるの？」

「どうしても会いたいのと、驚かせたくて、来ちゃいました。一緒にケーキ食べませんか。食べたら帰るんで……」

八代君が顔の横に掲げてみせたのは、またコンビニの袋だった。しかも自分の分までちゃっかり。だから、そういう安いケーキは、私にとっては過食用だってば。安いもんで太りたくないのに。

忌々(いまいま)しく思うけれど、ロビーでひと悶着おこすとまずいので、部屋に迎え入れるしかない。

エレベーターに彼を乗せ、「どうやって入ったの？」と聞く。

「住人の人がドア開けた時に、便乗して入っちゃいました。外で待ってるの、寒いんで……ここのソファ、ふかふかだから、全然待つの苦痛じゃなかったです」

「あのね」

私は、ほとほと呆れて、何から説明していいかわからなかった。

「あのね、私、こういうのほんと嫌いなんだよね。っていうか怖い」

そう言うと、八代君は怯えたような顔になる。

「すみません、怖がらせるつもりはなくて。あの……もしよかったら、じゃあ、ケーキは置いていくんで、食べてください。俺、帰ります」

帰るくらいなら最初から来なければいいのに。ここで帰らせたら私が悪者じゃんか。

「別に帰らなくていいよ、もう部屋だし。寄ってけば」

そうぶすっとした声で言うと、単純な八代君は途端にほっとし、顔中が笑顔になった。

「ほんとですか。嬉しいな、ありがとうございます。俺、ねねさんに会えるのだけが楽しみで」

甘ったるく、切ないセリフが、全く似合わない顔。私は、自信のない男がとにかく嫌いだ。まるで自分を見ているようだから。とはいえ、あまりにも八代君の笑顔がバカっぽいので、思わず噴き出してしまう。バカな人って、どこか憎めない。

「でも、今度からはちゃんと連絡して。待ち伏せとかほんと嫌い。次にやったら通報する」

「はい！　ごめんなさい！」

全く懲りていないような顔の八代君は、足元のリュックを背負い、エレベーターを降りて歩き出した私の後を、犬のようにぴたりとついてくる。

そして部屋に一歩入った瞬間、八代君に抱きしめられた。

「あー、ねねさんの香りがする。俺この一週間、ねねさんに会いたくてほんと死ぬかと思った」

鼻の奥に湿気と共ににおいが届く。

八代君の首筋はかすかに汗臭い。

こういう子、本当に困る。それに加えて「死ぬかと思った」だなんて、やっすい言葉！　せっかく今日は過食の日と決めていたのに、予定が狂ってイライラする。私は私が決めた通りに物事が進まないと嫌なのだ。セックスの日はセックスの日、過食の日は過食の日、ツイッターで出会った人とのセックスは二回まで。これはもう絶対ルールだ。侵しちゃいけない、私の憲法なのだ。

八代君は私から腕を離すと、汚いスニーカーを足のかかとを使って乱暴に脱いだ。

「せっかくだからケーキ食べましょ。俺、お茶淹れますね。あ、ねねさん、もしかして、ご飯まだでした？　だからそんなに買い込んでたとか？　俺が持ってあげればよかったですね」

フローリングに足のあとがつかないように、スリッパを勧めたのに、八代君はこちらの意図を全く汲まず、いつのまにか勝手に靴下まで脱いで、ペタペタとそこら中に足跡をつけながら部屋を歩き回っている。

ケーキとかなんとかの前に、とりあえずシャワーを浴びてほしい。

「八代君、シャワー浴びてくれない？　このバスローブ使って。お茶は私が淹れるから」

そう言って、タオルとバスローブを渡すと、八代君は、何かを都合よく勘違いして、嬉しそうにお風呂場に飛び込んでいった。

「え、いいんですか。すぐに行ってきます！」

お風呂場からシャワーの音が聞こえてくるのを確認してから、私はベッドルームの奥のウォークインクローゼットに向かい、外出着を脱ぎ、楽な部屋着に着替えた。洗いすぎてクタクタになったTシャツにゴムののびた短パン。過食をする日用の格好だけれど、こんなもんでいいだろう。今日はセックスをしてたまるか。ここで情に流されて寝てしまうと、こいつは家に住み着いてしまって厄介なことになるかもしれない。今日はちゃんと、八代君に恋愛感情が湧かないことをきっぱりと告げて、二度と家に勝手に来ないように、追い返さないと。

やがて、さっぱりした顔の八代君がお風呂場から出てきた。八代君が動く度に、湿気に混じったボディーソープの爽やかな香りが、部屋の中に広がる。

八代君はどこまでも無邪気だ。

「バスローブが家にある人っているんですね。こういうの、家で着るのって海外の人だけかと思ってました。ホテルでしか着たことない！」とホクホクしている。

「ねねさんは、こういうの、似合いますよね。バスローブ着て、お肌のお手入れとかするんですか？」

私はそれに答えず、八代君に注意をした。

「八代君、こういうのはほんとに困る。約束がないのに勝手に待ち伏せしたりしないで。それに私、出張が多いから、今日はたまたま家にいるんだよ。出張だったらどうしてたの？出張じゃない日も、残業ですごく遅くなる日もあるんだよ」

「あと二時間待って現れなかったら帰ろうと思ってたけど、でも、絶対に会えると思いました」

そう言って頬を緩める八代君の鈍感さには、逆に感動してしまいそうだ。

「こういうの、一歩間違ったら、ストーカーだよ」

「ストーカーじゃないです。だって俺、ねねさんに危害加えようなんて思ってないですし。それともなんですか。ねねさん、俺のこと嫌いですか。二回も寝ておいて」

まるで女の子みたいなことを言う。

「あのね、私が恐怖を感じたら、あなたはストーカーなの。私はあなたのこと、不審者として警察に通報することだって出来るの。そうしたら、あなた、今働いてる引っ越し屋さん、追い出されるかもしれないのよ？」

あーあ、面倒だな。まあ、ネット経由の出会いには危険がつきものだから、いつかこういうことが起こるんじゃないかとは思っていたけれど、やっぱり来た。

「俺はねねさんが好きです」

「私は好きじゃない」

「嫌いですか」

「嫌いじゃないけど、付き合うほど好きじゃない」

「嫌いじゃないなら、最初は家来と思ってくれていい。何でもします。だから付き合ってください」

「なんでもって、何するのよ。何が出来るの？」

「何でもいいです。マッサージとか、掃除とか」

童貞だったくせに、いや、童貞だからか。意外と、ねばる。

彼の必死さにだんだん情がほだされていく。

押しに弱いところは昔から変わらない。もっと自信がない子だと思っていた。

そしてここで負けたらダメだとわかっているのに、気がついたら、彼に条件を与えていた。

「じゃ、マッサージして。それからお風呂場の掃除して」

「いいんですか！」

喜びが顔全体にみなぎっている。

「マッサージっていっても、エロいことしないでよ。肩と首揉んで」

「いくらでも揉みます！」

嬉々として私の肩を揉む彼に、体を預けた。

うつむき、自分の指先を見ると、もう赤いネイルははげかけている。掃除も終わったら、ネイルを塗ってもらおう。利き手を使うから左はうまく塗れるのだけど、右を塗る時、よくマニキュアが爪からはみ出てしまうから。

八代君の手は厚みがあり、温かく、凝り固まった部分をほぐしてもらうと、体全体に血が行き渡る気がした。

そういえば何年か前に、年下の男をペットとして飼う漫画があったっけ。確かドラマにもなったはず。ストーリーは忘れてしまったけれど、ペットとして、自分に好意を持つ男の子を飼うのはありなんだろうか。恋愛ではなく、ペットだと考えれば、傷つくことなく、継続的な関係も結べるだろうか。そんなふうに、都合のよい妄想を膨らませていたら、うとうとと眠気に襲われてしまった。長く眠ったように感じたけれど、時計を見るとほんの数十分のことだったみたいだ。いつのまにか八代君のマッサージは終わっている。

外は雨が降り始めたようだ。雨音がぽつぽつと部屋の中にこだましてくる。

私が起きたことに気づいた八代君は、嬉しそうに「おはようございます。そんなに気持ちよかったですか」と聞いた後、真面目な顔に戻り、こう言った。

「俺は、ねねさんが好きです。だから、振り向いてもらえるまで何度でもアタックし続けますよ」

その真面目さにも私は全く心を動かされず、テーブルの上にあるテレビのリモコンを自分のほうに引き寄せながら言った。

「勝手にすれば。あと、次に家の前で待ち伏せしてたら警察を呼ぶ。家来なら家来で、ちゃんと家に来る時は許可を取って」

「わかりました、あの……」

「何？」

「家来の仕事に、セックスも含まれますか？」

「含まれるわけないでしょ。セックスはしない！」

「わかりました。自制します」

八代君のバスローブのその部分は、わかりやすく盛り上がっていて、自制が出来ていないことはまるわかりだったけれど、身の程をわきまえている彼は無理やり何かをこちらにすることはなく、マッサージでも、いやらしい触り方をすることは一切なかった。そして「そろそろ終電なので、俺、帰ります、明日からは家来として、気軽に呼び出してください」と言って帰っていった。

その日から、八代君は事あるごとにラインしてくるようになった。

「姫、ゴミ出し、たまっていませんか」

「姫、買い物はありませんか」

「姫、肩は凝っていませんか」

そういった御用聞きに加えて、起きて最初のおはようと寝る前のおやすみは毎日必ず来る。無料の家政婦サービスを手に入れた私は、便利なので適当に八代君を呼ぶようになった。

そのせいで、ツイッターの裏アカウントはしばらくお休みしている。たまに、学生さんから「今日の夜、ねねさんのところに行っちゃダメですか」と連絡が来ることもあるけれど、その前に「姫、」と連絡が来ているので、ご新規さんと一から自己紹介してセックスするより、家で八代君と録画していたMステでも見るほうが、気楽でいいよなーなんて思ってしまうのだ。

数日に一回新しい男を呼び込む習慣も、一週間休んだら、実は八代君と一緒にいるほうが楽だと気づいてしまった。もう年だということもあるかもしれない。20代、30代の時に比べて、必要な睡眠時間が長く、若い子の体力に合わせてセックス出来ない。夜更かしせずに早く寝ると、翌朝体が楽だった。なんだかんだでセックスって面倒くさいってことに気づいてしまう。セックスの楽しさにはそれと同じくらい、面倒がつきまとうのだ。

そして、家に八代君を呼ぶ日は過食もしないですんだ。たまに甘いものが発作的に欲しくなると、八代君にデパ地下で、ちょっといいデザートを買ってきてもらった。それを八代君と一緒に分けると、不思議と心は満足し、そこまで大量の甘いものを欲しなくなった。何年も患っていた過食症が嘘のようにぴたりと止まった。

八代君は、必ず終電で帰ろうとするので、私もお情けで、うちに泊まることを許してあげるようになった。家が遠くて、かわいそうだからだ。仕事がある日の朝は大抵早いので、泊まっても、私が寝ているうちに勝手に家を出ていく。変に体を触ったり、キスをせがんだりもしてこない。

そして、言いつけを守って必ず、「今日はねねさんのおうちに行っても大丈夫ですか？」と許可を取ってくれた。勝手に自分の持ち物を、私の家に持ち込むこともなく、いつ呼び出されても大丈夫なように、そしていつ追い出されても大丈夫なようにと、ハブラシや、ワックスも全てリュックにいれて毎日移動している。

「ねねさんの生活を邪魔したりはしないんで。俺のことは家来と思ってくれていいんです。ねねさんと一緒にいられるだけで、呼び出してもらえるだけで幸せなんです」

そんなふうに控えめな彼を、誇らしく思いながら、心のどこかで少しだけ寂しいような気もしていた。いつまでこの関係でいられるだろうか。一方的に尽くすだけのこの関係に、彼のほうが先に音(ね)をあげるんじゃないか。

そんなある日の朝、八代君から来るはずのラインが来なかった。

翌日も。その翌日も。

会社の自分の席につき、カタカタとパソコンを打って作業をしていても、打ち合わせに出ていても、ふとした時に「おはよう」の不足が思い浮かぶ。

今日は「姫、」から始まる御用聞きはないのだろうか。もしかして、事故に遭ったとか。いやいや、ニュースはくまなく見ているけれど、八代君らしき人のニュースにはぶちあたっていない。とはいえ、一般人の交通事故だったら、報道されることもないか。

あるいは、彼に好きな人が出来て、一気に私への興味をなくしてしまったのかもしれない。

胸の奥で、ズキンと古傷が痛んだ。ある日突然、年も住んでいる場所も離れている若い男の子が私のことを好きになって、通い妻のように過ごしてくれていたことのほうが奇跡なのだ。

突然人生に入ってきたのだから、そりゃ、突然出ていってもしょうがないとも言える。

でも、彼みたいな律儀な子が、連絡もなしに私のもとを去るだろうか。連絡出来ない理由があるんだろうか。一体どうしたんだろう。

不安は募り、ついに「どうしたの？」と初めて自分から送ってみてしまった。

すると、どうだろう。

まるで、待ち構えていたかのように「作戦成功です！」と連絡が返ってきた。

どういうことかと手を止めて次のメッセージを待ってみると、ほどなくして、通知音と共に、こんなメッセージが来た。

「俺の友達がアドバイスしてくれたんですけど。毎日、ラインをする人が、いきなり連絡を断つと相手は心配するらしいので。俺も心配させたいなって思って、やってみたんです。そのアドバイスしてくれたのはまだ童貞で、そういう恋愛テクニックみたいなの、ネットで調べるのが好きなやつで。そいつ、半年くらい前に、ツイッターに投稿したイラストが人気になっちゃって、ちょっとした有名人なんですけど、ねねさん知ってますかね……」

ああ、なんだ。

私が彼を振り回していると思っていたけど、今度は彼が私を振り回しにかかったのか。気軽に遊んであげてるつもりが、遊ばれちゃったな。

クソガキだ——と憎らしく思ったのだけど、同時に頬が緩んでしまった。

うざい。

けど好き。

そう認めてしまうと、ふいに楽になった。

「好き」という言葉には魔力がある。「好き」と認めた瞬間、心の中でどんどん「好き」が増幅していってしまうのだ。

あーあ。好きにならないと決めていたのに、ついに好きになっちゃったな。

私は自分の気持ちに降参した。

絶対に絶対に恋愛に発展させないと決めていたのに。

もしかしたら、年齢的に、人生最後の恋愛になるかもしれないのに。こんな始まりでいいのかな。

世の中で、勝者か敗者かでいえば敗者のようなこの子と、私はこれから人生を共にしていくのだろうか。ちょっと思ってもみない展開になってしまった。

私は、自席から立ち上がって、いったん廊下に出た。壁によりかかりながら、このメッセージに一体なんて返事してやろうかと考える。けれど、うまい返事が思い浮かばず、ええい、それならいっそ、と電話をかけた。かけひきなんて、もともとしてこなかった子じゃないか。変に気取った返事をせずに、ストレートに話せばいい。

こちらから、かけた瞬間から「通話中」の表示になり、嬉しさに困惑が混じったような声が跳ね返ってきた。

「ねねさん！」

「ねえ、私、〝ねねさん〟じゃないの」

「え？　え？」と、予想通りの反応が返ってくる。可愛い。

「あのね、本名は愛だから」

秘密を一つ、打ち明ける。

「そうなんですね。じゃあ、これからは、愛さんって呼んでいいですか」

一点の曇りもなく嬉しさで満ち、飛んでいきそうに弾んだ声。

なんて無邪気な、なんて嘘のない――。

「愛、でいいよ。八代君の下の名前は？」

この一言を口にした瞬間、いろいろなものが変わっていく音が遠くのほうでした気がした。

電話越しに、八代君の弾んだ気持ちが流れ込んでくる。

私はこの後この人に、きっといろいろな秘密を打ち明けていくことになるだろう。

ユカ　　　　　　33歳

ユカ

人生たて直し中。
お弁当屋さんで働いています

「愛人？」

脂身のこってりとしたお肉を使ったビーフストロガノフをスプーンですくいながら、私は聞き返した。

久々に美香と会っている。私に出会い系アプリの話をしてくれ、裏アカウントの世界に導いてくれた人。美香はあの時ハマっていた不倫ごっこは卒業したらしい。

貞淑な妻に戻ったのかと思いきや、代わりにもっと危うい世界に目覚めてしまったそうだ。

「パパ活アプリっていうのがあってね」

テーブルの上に埋め込まれたタイルの緑がいやに目につく。

美香の話では、暇とお金を持て余した男と、暇と若さを持て余した女をマッチングするアプリがあるらしい。

「私も試しに一回使ってみただけなんだけど、一回お食事に行っただけで三万円と、帰りのタクシー代として一万円もらっちゃったの」

「でもエッチめあてで来てるんじゃないの？」

「そういう人もいると思うけど、でも、身分証明書とか登録してるわけだから、何かあったら困るのは向こうだし、無理にしてくるわけじゃない。お誘いはあるけど、断ればいいだけだよ」

「確かに、お食事だけで三万円もらえるなら、月に十回も食事すればいい収入だよね」

「マッチングするかどうかの運はあると思うけど、そこらへんのバイトよりも、割がいいことは確かだよ」

私は十分前に、恭平がいなくなってしまったことを打ち明け、どうにかしてこれから生計を立てていかなくてはいけないことを、美香に相談したのだった。

「登録しているのは、女子大生とか、そんなに有名じゃないモデルとか、グラビアやってる子とか。やっぱり、顔のいい子は需要高いよ」

美香はなんでもないことのように言う。

「でも20代の子ばっかりだよね。私みたいなおばちゃん、お呼びじゃないんじゃないかな」

「ぶっちゃけ、結構ブスも登録してるよ。おじさんたちも、20代のうるさいブスより、30代の落ち着いた美人と会いたいと思うわ」

美香のキレのいい物言いに、私は苦笑する。

こんな、気性のハッキリした女の子に生まれてこられたらよかった。

顔も性格も、私は昔から控えめだった。世の中の女の顔を、ランキングで並べた時に、決して下位には入らないとは思うけれど、本当は、もっとくっきりとした二重と眉毛が欲しかった。口が大きめな美香は、笑うと表情がくるくると変わり、見ていて飽きない。こういうタイプの美人とのご飯なら、おじさんたちも喜んでお金を出せるだろう。私は果たして、食事一回で三万円ももらえる素材だろうか。

美香は手元のアイスレモンティーを自分のほうに引き寄せて、ちゅっと一口すすった。

「ユカは真面目過ぎるよ」

「そうかな」

「こんなこと言うのは酷だと思うけど、はっきり言うよ。恭平さん、今頃どこかの女と楽しくやってるかもしれないよ」

恭平、という名前を聞いた瞬間、頰の細かな血管全てに血が通って熱くなった。そんなこと、絶対にない。

私が黙っていると、美香は言った。相変わらず存在感がある美香の長いまつ毛がぱちぱちと目の前で揺れる。

「もちろん、私だって心配してる。危ないことに巻き込まれているのかもしれない。だけど、そういう可能性がゼロとは言えないんじゃない？」

胃のあたりに違和感を覚えて、思わずみぞおちを押さえる。ここのお店のビーフストロガノフの味が、濃すぎるのかもしれない。

「嫌なこと言って、ごめんね」

そう言ってこちらをのぞき込む美香の目は、優しかった。

顔立ちは若いけれど、目尻には、年齢分のシワ。

きっと悪気はないのだ。むしろ、心から心配してくれていて、恭平のことを悪く思わせることで、私を楽にしてくれているんだと思った。美香ってそういうところがある。恭平が私以外の女と暮らすために失踪したとはとても考えられなかったけれど、美香の心遣いもわかったから、私は「ううん、今日は話を聞いてくれてありがとう」とだけ言った。

美香と別れてから、スーパーに寄る。

うちの近くには、スーパーがない。ないというのは厳密には言い過ぎだけど、家から一番近いスーパーは、外国人向けになっていて、海外ブランドの洒落た調味料はやたら置いてあるくせに品揃えがよくない。ここに引っ越してくる前に一番好きだった納豆も毎朝飲んでいたヤクルトもこの町では手に入らない。

仕方なく買っている高級な納豆も、アルファベットパッケージの飲むヨーグルトも、食卓をかっこよく見せてはくれるけれど、あんまり美味しいとは思えない。それでも、都会に住むことの便利さと引き換えだからしょうがない。

今夜は裕二君が家に来てくれる。恭平がいなくなってから、なんだかんだ一番連絡を取っているのは裕二君かもしれない。何をするわけでもなく、うちに来て二、三時間くつろいだり、喋ったりして、帰っていく。最近は大学が面白いらしく、私にはさっぱりわからないマーケティングの言葉を解説したりもしてくれる。ちょっと前まではさっぱり授業に興味を持っていなかったくせに、図書館にあったマーケティング本を読んで、ハマってしまい、それから、今更ながら大学に安くはない学費を払っていることに気づき、元を取ってやるか、と急に思い立ったそうだ。最近では、違う学部の人気教授の授業にも潜り込んでいるというから、面白い。

自分一人のために料理をする気にはとてもなれないけれど、裕二君が来る日は、私も、せっかくだからと、キッチンに立つ。料理は気が紛れるからいい。栄養のないものばかり食べているであろう裕二君に足りない栄養素を考え、献立を作ることは、平穏を取り戻す手がかりになってくれた。

今日は何を作ろうか。コンビニ食でも肉や葉野菜は取っているはず。足りないのは根菜とお魚かな……そんなことを考えながら、スーパーをうろつく時間も、恭平のいない寂しさを紛らわせてくれた。やることがあるというのは健康にとてもいい。

今日は、お魚を焼いて、煮物や和え物など、ザ・和食的な献立にしてみた。作りすぎたおかずも、裕二君がぺろっと平らげてくれるから気持ちよい。

食後、空になったお皿を見つめながら、裕二君は満足げな顔で言う。

「ユカさんって料理うまいですよね」

「そうかな、ありがとう」

「別にお世辞とかじゃなくて、ほんと、何食べても美味しい」

「コンビニのご飯ばっかり食べてるからじゃない？」

「いや、ほんと美味しいから、これ仕事になるよ」

そう言って裕二君がまじまじとこちらを見つめてきたので、恥ずかしくなって目をそむけた。

「ならないよ。こんなこと、主婦経験者はみんな出来るって」

その声は少し不機嫌に響いたのかもしれない。裕二君は「俺の母さんは、こんなの絶対作れないけどなー」とつぶやくように言った後、スマホに目を向けてしまった。

私は食卓の上の食器を片付け、裕二君に帰りに持たせてあげるために、作りおきのおかずをタッパーに入れかえた。

料理がうまくなったのは、結婚してからだ。

仕事を辞めたおかげで、時間が出来たので、いくつかの料理教室に足を運んだ。外で働かないのだから、せめて恭平が疲れて帰ってくる時に家の中を整え、美味しいご飯を作って待っていようと思ったのだ。料理を作っている時間が好きというよりは、料理を作っている時間に救われる、という感覚が近いように思う。何も余計なことを考えず、ただ目の前の素材や鍋のことだけ考えればいい。いつか、ある作家が「書くことで自分は救われている」と言うのを聞いたことがあるけれど、私の救いは料理だ。そして、私にとっての料理は自分のために作るものではなくて、誰かのために作るものだから、よりいっそう救いの要素が強い。

裕二君は「あー、美味しいから食べ過ぎた」と言って、スマホを持ったままソファに移動した。どてっと寝転びながら、スマホを投げ置いたと思ったら、今度はカバンから取り出したマーケティングの本を読んでいる。興味の対象がコロコロと変わる子だ。

「温かいお茶か、コーヒーいる？」と聞くと「んー、じゃあ、コーヒー欲しい。ありがとうございます」という答えが返ってきた。

いつもの洒落たスーパーで買ったフレーバーコーヒーの豆をあけると、バニラマカダミアの香りがふわっとたちあがった。恭平なんて本当は最初からいなくて、私はここで裕二君と暮らしていたんじゃないか。そんな錯覚が一瞬襲ってくる。

恭平は、このコーヒーがすごく好きだった。家の中にコーヒーの香りを漂わせていると、「コーヒーの香りって幸せな家庭の香りって感じがする」と喜んでくれた。

部屋の時計が22時を指し、「今、帰らないとこのままここで寝てしまう」と裕二君が言う。

別に裕二君なら泊まっていってくれていいのだけど、もしも恭平が今夜帰ってきたらどうするの？　という気持ちがかすかにある。前触れなしに突然出ていったのだから、突然帰ってくることもあるかもしれない。

鉄平君とは、衝動的に寝てしまったけれど、彼とセックスしたおかげで、セックスは何も変えてくれないことがわかった。好きじゃない人とセックスしたところで、好きにはならないし、たかがセックスで、気持ちが落ち着くことはない。承認欲求や、日々襲ってくる寂しさはセックス一回くらいではおさまらない。あれ以来、鉄平君とは連絡を取っていない。それに、そのことが別に悲しくもない。むしろ、二度と会わないと知っていたから寝られたのかもしれない。

裕二君はコーヒーを二杯飲んだ後、タッパーにつめたたっぷりのお惣菜と共に、帰っていった。

コーヒーメーカーに残っている分のコーヒーは、明日の私の朝食用になる。裕二君がいなくなってにわかに広く感じられる家の中には、まだかすかにコーヒーの香りが漂っている。

裕二君は最近バイトをやめて金欠だと言っていたけれど、私のほうこそ金欠だ。恭平が残していってくれたお金があるから、直近の生活費が払えないということはさすがにないけれど、家賃を、この先一体どうやって払っていこうか。

美香が教えてくれたパパ活アプリは、登録したものの、年齢確認のための書類のアップロードが億劫で活用出来ていない。保険証かパスポートの写真を撮って送るだけなのだから、その気になればそんなに難しいことではないはずだ。それが出来ないのは、たぶん、心が拒否しているからなんだろう。

ぐずぐずと、パパ活アプリに登録出来ずにいる間に、美香から電話があり、ホームパーティーの手伝いを頼まれた。手伝いというより、「献立を考えるところから、作るところまで、全部お願い」ということだ。

旦那さんの同僚を招いてのご飯会で、ケータリングをお願いするほどでもないけれど、一人ではとても無理だという。

美香は悪びれずに言う。

「普段料理なんてしないもん」

であるなら、潔くケータリングを頼めばいいと思うのだけど、そういうわけにはいかないらしい。

「会社の人に対して見栄があるから。家で作ったものを出したいの」

その見栄がどういう類のものかはよくわからなかったけれど、美香のお願いならしょうがない。パーティー当日、私は大量の買い物袋と共に美香の家に出向き、朝から夕方までかけて、六人分には十分すぎるほどの料理をこしらえた。美香にもあれこれ指示をして、動いてもらう。いつもは美香にズバズバ言われる側だけれど、今日ばかりは主従が逆転だ。

チーズプレート、アボカドとわさび菜と塩昆布のサラダ、ローストビーフ、ポテトサラダ、ラタトゥイユ、スペアリブ、ブイヤベース、デザートに小さなコーヒーゼリーと、コーヒーと一緒に出すルシアンクッキー。盛り付けも細かく指示をする。

「お皿の上にポテトサラダをまずこんもり盛って、上にローストビーフを載せていくの。そうすると見た目にボリュームが出るから」

お皿に移す時の指示も全て細かく紙に書いて渡した。スペアリブは温め直して、お鍋ごと出すこと。食べる時に骨が出るので、ガラいれを用意すること。ブイヤベースは、最後の仕上げにパセリを散らすこと。コーヒーゼリーは、ホイップクリームを添えて。

パーティーが始まる四十分前に全ての支度を終えて、買ってきたものの領収書を美香に渡し、精算する。

美香は、鍋に浮いているスペアリブのカケラを指でつまんで味見しながら「本当にありがとう、ユカって天才だわ」と笑う。

「じゃあ、パーティー頑張ってね」

エプロンをほどきながら帰る支度を整えていると、美香に「これ、別にアルバイト代ってわけでもないけど、お礼」と言われ、白い封筒を渡された。

その場であけると二万円がピン札で入っている。

「少ないかもだけど。こういうの相場わからなくて、ごめん」

「え、いいのに」

「ううん、もらって。めちゃ勉強になったし、ケータリングならもっとかかってた」

友達からお金を受け取ることには抵抗があったけど、そう言われて、自分が無職なことも思い出し、ありがたく受け取ることにした。

二万円。恭平が家にいた頃はタクシー代として当たり前に財布にいれていた額だけれど、自分の労働の対価として、人から渡されるそれは重みが違う。

「じゃあ、ありがたく。……ありがとう」と受け取ると美香に「ユカは、ご飯系の仕事につくのもいいかもね」と言われた。

「そうかな」

そういえば、裕二君にもご飯を褒められたことを思い出す。取り柄だとは思えなかったけれど、そう思ってもいいのだろうか。

「うん、センスあるもん。盛り付けとかもすごく勉強になった。ローストビーフも、作ってから結構時間経ってもしっかり美味しかったし」

「ありがとう、嬉しいな。ローストビーフは得意だから」

恭平が好きだったメニューの一つ。冷めても美味しいから、前菜にローストビーフとサラダだけを出して、恭平が食べている間にちゃちゃっとメインのお料理を温め直したりした。

美香の家を出て、夕暮れの街を歩いていたら、何か美味しいものの匂いがしてきて、幼い頃を思い出すような切ない気持ちがぐっと喉元までこみ上げた。

何かご飯に関わる仕事をやってみようか。地元の駅前の本屋に入り、料理本のコーナーをうろうろしてみる。ダイエット料理家、フードコーディネーター、作りおきご飯研究家、料理ブロガー、人気デリスタグラマー……いろんな肩書の人が料理本を出している。フードコーディネーターとかって、楽しそうだしかっこいいな。だけど、なるのはすごく難しいはず。料理ブログとか始めてみようか。でも書くことは苦手だし。とりあえず、家に帰ったらパソコンで料理系のお仕事の求人でも見てみようか。

一週間後、地元のお弁当屋さんでの仕事が決まった。

家から徒歩十五分の場所にある、商店街の中の小さなお弁当屋さん。そこの調理スタッフだ。レストランのキッチンスタッフとも迷ったけれど、レストランだと働くのが夜になる。夜はなるべく家にいたい。恭平が万が一帰ってきた時に自分がいないのは嫌だし、夜に働くと、苦労している感じが出る。働くのはいいけど、出来るだけのんきに働きたい。切羽詰まってしまうと、恭平が帰ってくる隙間がなくなってしまうように思う。

お弁当屋さんなら、働くのは朝と昼だけで健康的な感じがした。時給千円、交通費支給、週三日以上、一日四時間から。専業主婦生活が長いので一日八時間以上が条件のところは、最初から候補にいれなかった。少しずつ社会に慣れていくのだ。リハビリ感覚で。

オーナーのおかみさんから「人手が足りないからすぐにでも働き始めてほしい」と言われて、翌日から、労働生活が始まった。それまで、暇をつぶすことに必死だった日常は、あっという間に仕事一色に塗り替えられる。

朝起きる理由が出来、人と話す必要性も出来た。家を出て、歩いて店に向かい、外の空気を吸う。店で用意された作業着に着替え、エプロンをきゅっと締めて、お肉や野菜と格闘する。最初はそれだけだったけれど、小さな店なのでレジも覚えて、時間帯によってはレジに立つことにもなった。ただ家にいるだけの日々より、生きている時間が濃くなっていることを感じる。

数ある作業の中で一番好きなのは、揚げものだ。フライヤーの中に下味をつけた材料をざぶんといれて、パチパチと油の弾ける音と共に、食材の色が変わっていくのを見るのはとても楽しい。一日を通してとても慌ただしくせわしないけれど、揚げものをしている時間だけは、精神がその場から離れる感覚がした。

それから、次に好きなのが盛り付けだ。注文を受けたお弁当を、作業場にぺらりと貼られた見本写真を頼りに詰めていく。お弁当が出来上がっていくごとに、自分の心の中が整っていくような感覚がする。

このお弁当屋さんバイトの一番の古株である明日香（あすか）さんは離婚経験者で、境遇を話したら何かと気遣ってくれるようになった。余ったお惣菜を多めに持ち帰らせてくれたりもする。気の毒だと同情されることも、出ていった理由を勝手にいろいろ想像されることも嫌で、話すことを避けていたけれど、明日香さんには話してよかった。

朝8時の厨房で、人参を洗っている私に明日香さんがあれこれと話しかけてくれる。

「今日のこの天候だとスタミナ系のお弁当が売れるかもね。唐揚げの準備、多めにしておこう」

「これ終わったら、取り掛かりますね」

洗い終わった人参を手渡すと、明日香さんはピーラーで手際よく皮をむいていく。

「ありがとう。こっちは私が担当するから、お肉お願い」

明日香さんの元旦那さんは職場で同僚の財布からお金を盗んでいた。会社から処分を受けて、初めてその事実を知ったという。

お弁当屋のピークの時間が過ぎたいつかの夕方に、片付けをしながらその話を聞いた。

「お金に困っていたわけではないのに、ついやってしまったと言うの。そして一回やったら、クセになってしまったと。そのお金も、欲しいものがあったわけではなくて、つまんないことに使ってたのよ。コンビニで雑誌買ったり、後輩にランチおごったりね。生活費が足りてないわけじゃないのに。そんな人だと思わなかった」

その一面を知らない間は好きでいられたのに、人のお金を盗むような人だと思ったら、一緒に住むのが苦しくなってしまって別れたのだという。

その日は仕事が終わってから一緒に軽く飲みに行った。

いろんな人生がある。理由なく人のお金を盗んでしまう人もいれば、理由なく家を出ていって帰ってこない人もいる。「人生はこうあるべき」というレールをどんなに慎重になぞっていても、ある日突然不可抗力でレールから外れてしまう。自分の意思とは裏腹に。

弁当屋で働き始めてからツイッターも再開した。一度削除した裏アカウントだったけれど、アカウント削除後三十日以内なら復元が出来るらしいのだ。そのタイミングで、名前を「ユカ」と本名に変えた。ユーザー名も変えた。

恭平がいなくなってから、ツイッターを見る気もしなかったことを思えば、少し前に踏み出したと言ってもいいだろうか。タイムラインは全く代わり映えせず、煩悩だらけで、がやがやしている。みんな、相変わらず世の中に腹を立てたり、変えられない社会の仕組みを嘆いたり、アホみたいにセックスしていて、自由だ。この混沌の中に、私が生きた証が紛れ込むのもありかもしれないと思って、初めて投稿をしてみる。

「前触れもなく旦那が出ていって三か月。毎晩、彼が戻ることだけを夢見ていたけど、そんな日は来ないかもしれない。そして、そんな日がもし来たら彼に成長した姿を見せられるように、弁当屋でバイトを始めました」

こんな、フォロワーもほぼいないアカウントでつぶやいても誰も見ないとわかっていたけど、これだけのことをつぶやくのに何度も何度もツイートを考えては消した。でも、投稿してしまうと胸がスッとした。さっきまでこの胸、この頭の中にしかなかったことが形を持って世界に放たれたことが嬉しい。

何度も何度もリロードして、いいねがつかないか見ていると「あなたのツイートがいいねされました」という通知が来た。見てみると全然知らないナンパ師からの、気まぐれのいいねだったみたいだ。それでも誰かの目に留まり、自分が放ったアクションに誰かがリアクションしてくれるということ、それ自体にかすかな気持ちの高揚を感じる。

その数時間後、鉄平君からも「美香さん、というかユカさん、お弁当屋でのバイト始めたんですか」とDMが来た。

彼からDMが来るなんて意外だった。

「久しぶり。うん、仕事始めたの。意外？」

「ううん、似合います。ユカさんが作るお弁当、美味しそう」

「ありがとう」

「旦那さんは帰ってこないんですか？」

「うん」

「連絡もナシ？」
「音沙汰なし」
「大変ですね」
「うん、でも頑張る」

鉄平君は決して親身になってくれるわけではない。一度寝たから、情が湧いているだけだろう。それでも、こうやって人とやりとりが出来ることが嬉しい。

弁当屋で働き、ツイートを一日に一つか二つ投稿し、たまに来る裕二君を手料理でもてなす。そんなことの繰り返しで日々は過ぎていき、数か月前には想像もしていなかった人生が手元にあることにいつのまにか慣れた。

「今日は唐揚げ弁当が売れ残ったので、多めに持ち帰らせてもらった。自分で言っちゃうけど、うちの店の唐揚げは美味しい。下味をしっかりめにつけてるから多少冷えても大丈夫」

帰り道、歩きながらツイートを下書きして、帰宅したら投稿する。それが私の日課になった。なんでもないことを投稿すると、数時間後にはいくつかのいいねがつく。私の地味な記録に誰かのいいねがつくことは嬉しかった。ささやかな私の生きた軌跡を、世の中にひっかき傷をつけるみたいにして刻んでいく。

表のツイッターアカウントもあるけれど、そちらは更新していない。現実のつながりがある人が見ているかもしれないから。誰か知っている人が見ていると思うと、かしこまってしまって何も書けない。知らない人相手だから書けるのだ。厄介な自意識。

裕二君は毎週金曜日に家に来る。それまでは不定期に来ていたのだけど、私にも「生活」が出来たから、ちゃんとスケジュールを決めてもらったのだ。人を待つだけの人生ではなくて、自分に予定があることが当たり前になると、そうでなかった時の自分の生活の記憶が曖昧になっていく。

「ユカさん、今日はなんか甘辛いものが食べたい」

金曜日の朝になると、裕二君から連絡が来るので、弁当屋からの帰り道に材料を買って何かしら作る。「ユカ食堂」と裕二君が名付けてくれたので、毎週金曜日は「#今週のユカ食堂」というハッシュタグをつけて、つぶやくようになった。いつのまにかフォロワー数は三百人を超えていて、レシピを聞かれたり、「ユカさんのお料理、食べてみたいです」というコメントも来る。

「JD即。Fカップオカワリ」なんてエグい内容を投稿している同じ人が、私のご飯写真にいいいねをくれたり「おいしそう！」なんてコメントをしてくれたりする。

人って、いろんな面を持っているのだ。

誰かにとってのひどい男が、私の今日を救ってくれることだってある。

甘辛いものと言われて、酢豚を作った。裕二君は、料理する私を追いかけながら、学んだばかりの知識をいろいろ教えてくれる。裕二君の口から出てきた「PDCA」とか「プラットフォーム」なんていう聞き慣れない言葉をいくつかそっと手元のメモに書き留める。きっと知っていて当たり前のビジネス用語なんだと思う。裕二君が次に来る時までに調べて覚えておこう。

裕二君の話が一段落したところで、次は私から裕二君に最近考えていたことを伝える。

「裕二君、私、引っ越すかもしれない」

「そうなの？」

「うん。恭平が残してくれた貯金もあるけど、そんなに多いわけじゃない。ここの家賃、私のアルバイトだけでは払いきれないの。だから、今いろいろ物件見てるんだ……」

「そっか。家具はどうするんですか?」

「だいぶ捨てると思う。持っていけるものは持っていくけど、次に住む家は今よりずっと狭くなるから、一人暮らし用の家具をニトリとかで買おうと思ってる」

「そっか。ご飯のお礼に、家具の組み立て手伝いますよ」

「ありがとう。まさにそれを頼もうと思ってた」

裕二君は作りすぎた酢豚を全部平らげてくれた。細身の体のどこにあんな量が入るのかよくわからない。空になったお皿を、流し台に運ぶ。「いいよ、私が運ぶから」と断っても運んでくれる。そして、食後のコーヒーもついには自分で淹れるようになった。

そして淹れたてのコーヒーを片手に持つと「んー、お腹いっぱいで幸せ」と言ってリビングに移動する。私が洗い物をする間、ソファの定位置に座り、本を読んだり、テレビを見たり。その姿をキッチンから見ながら「この人に甘えられたらどんなに楽だろう」と考えてしまう。自分の年齢なんて顧みず、男の人を見れば「この人に甘えられたら」と、楽なほうへ楽なほうへ、誰かに依存する生き方を望んでしまう自分はまだまだ弱い。

もっと強くならなくちゃ、恭平は帰ってこないだろう。私は恭平が消えたことを、自分の試練のように思っている。

「裕二君、恭平、本当はなんの仕事をしてたの」

裕二君は、聞こえないフリをしている。

「知ってるでしょ。教えて」

裕二君がこっちを見た。

「知りません。知っていたとしても言えません」

私は裕二君に近寄り、隣に座って、手を取った。男の人の手は、たいがい熱いものだと思っていたのに、裕二君の手は、ひんやりと、そしてカサカサとしている。

「何か危ない仕事？　裕二君も関わってたのよね？」

「危なくはないんですけど……普通の仕事ではないです。だから、言えないんです」

「何？　ＡＶに出てたとか？」

「違います」

「ねえ、裕二君。もう恭平がいなくなって、四か月経つ。私だって、新しく出発しなくちゃいけないから、そのために、裕二君の知っていることを全部教えて」

「話したらユカさんが傷つくかもしれないから、言わないんです」

「傷ついてもいいよ。もう十分傷ついてる」

「それに、俺のことも軽蔑するかもしれない」

「しないって約束する。裕二君が正直に全部話してくれるなら、私はそれに対してどんなジャッジもしない。ただ、自分が前に踏み出すために、知っておきたいんだ」

裕二君は、コーヒーをもう一杯ください、と言って立ち上がり、キッチンでコーヒーを二人分淹れてきた。一つを私に手渡してくれる。

「何から話せばいいのかなぁ」

その言葉を皮切りに、裕二君は話し始めた。世の中には寂しい気持ちを抱えた女の人がたくさんいること。自分たちは、その人たちの寂しさを埋める仕事をしていたということ。デートだけではなく、時には体の関係も持って、お金をいただく仕事があること。その仕事を「デリバリーホスト」と呼ぶこと。

全容を知り、恭平と裕二君が何でつながっていたかをやっと理解した。二人のつながりがフットサルなんて、絶対に嘘だとわかっていた。フットサルに行った気配なんてないもの。恭平と裕二君のつながりが「昼」ではなく「夜」のものだということも、二人の間の空気から、もう随分と前に察していた。それでも、毎晩平然と帰ってくる恭平がどこの馬の骨ともわからない女と体の関係を持っていたことを聞かされて、心臓に水でもかけられたような気分になる。

「ユカさん、大丈夫ですか？」

裕二君が心配そうにこちらを覗き込む。

「うん……まぁ、大丈夫ではないけど、思ったより落ち着いてる」

「それはショックすぎて、口が利けないとかじゃなく？」

「恭平から、直接聞いたらまた違ったかもしれないけど、もう出ていって何か月も経つから、現実味がないというか。元カレの悪口を聞いても大丈夫なのと似てる」

実際、裏切られたという失望はあったものの、私は世間一般の主婦が旦那の不貞に気づいた時に比べると、動揺はしていなかったと思う。

むしろもっと大きく危険で、抱えきれないような秘密なのではないかと想像していたので、「不貞だけでよかった」という気持ちさえどこかにあった。

裕二君は隣で、心配そうな顔つきでこちらを覗き込んでいる。

私よりも、裕二君のほうが何倍も繊細な心を持っているのではないだろうか。

私だって、よく知らない人とセックスしたことくらいある。結局登録はしないままになっているけれど、パパ活のサイトで、楽に稼げるならそれで稼いでしまおうと思ったことも。それに、恋愛が介在しないセックスだって知っている。

鉄平君の顔と、細い腕と骨だらけで色気のない胸元を思い出した。なんの罪悪感も、なんの感慨もなく、好奇心でやってみたら出来ちゃったという感じ。それで何かが埋まったということもないけれど、もしかしたら私だって「デリバリーホスト」が必要だった一人かもしれない。寂しさを埋めるために誰かの体を必要とする感情には、覚えがある。

「恭平が、お客さんの誰かとトラブっていた話とかはある？　どんなに小さいことでもいいんだけど」

「ないです。お客さんの話は、あんまりしないんですよね……」

「逆に誰かと恋に落ちてしまったとかは？」

「それもないです」

「裕二君は？　お客さんの心も体も深いところまで入ってしまって、恋愛に発展することはないの？」

「ないですね。俺が言うことじゃないけど、男を買うってこと自体がもう、ちょっと病んでるじゃないですか。俺はそういう病んでる女とは付き合えないです。普通の脳天気な子がいい。あとセックスしたから、好きになるっていうのは女の人の発想です。男はもっと割り切ってますよ」

「残酷ね」と言いながらも、私も別にセックスしたから好きになるってことはないな、と思った。恋が生まれる時はどんなことがあったって生まれるし、逆に生まれない時は何をしたって生まれない。そういうことって、ある意味運命づけられていると思う。セックスはきっかけに過ぎない。

ふと鉄平君の顔が思い浮かんだけれど、ただ、単純に思い出しただけだ。甘美な記憶を頭から引き出す時の微熱のような感覚はない。つまらない、そして何にも考えていない男とヤってみたかった。何か今までの人生でやったことのないようなことをすれば、何かが変わるかもしれないと思ったのだ。しかし、結果として、私も私を取り巻く環境も寝る前と寝た後で何も変わっていない。ただ、人生で体を重ねた男の人の数が一人増えただけのこと。

少しの間の後、裕二君は言った。

「残酷なことをしてる自覚があるから、他の人には話せないんです」

「儲かるの？」

「居酒屋で働くよりは、割はいいと思います」

しばらく、デリバリーホストについて、いろいろなことを聞いてみた。どんなふうに呼び出されるのか。相手のお客さんのタイプと違うという理由で、帰らされることはあるのか。デートだけで済むこともあるのか、ほとんどの人が体の関係まで望むのか。一人の人が何回もリピートするのか。

会話のどこかに恭平の居場所につながるヒントがあるんじゃないかと思ったけれど、残念ながら、ピンとくるようなことは何もなかった。

コーヒーを飲み終えた裕二君は、「水飲みます」と言って、キッチンに水を汲みに立ち上がった。

「ユカさんも水飲みます？」

「飲む。冷蔵庫の中に冷えたミネラルウォーターがあるから、ボトルごと持ってきて」

裕二君が持ってきた水を飲むと、カラカラに渇いた喉に甘く染み込んだ。

裕二君が、また隣にしゃがみ込む。

「別に恭平が何をやっていてもいいんだよ。デリバリーホスト続けたっていい。でも戻ってきてほしい。一緒に暮らしたい」

「ユカさんは恭平さんのどんなところに、惹かれたんですか」

「理由なんてないよ。気づいたら私の人生にいたんだよ」


出会ったばかりの頃の恭平を思い出す。

今だって人生に目標があるわけではないけれど、あの頃の私は、今よりもっと、何も考えずに生きていた。専門学校を出て、適当にバイトをしながら、若さがすり減る怖さをいろいろな形でごまかしていたあの頃、友達が開いてくれたなんでもない飲み会に、恭平はいた。

愛想の悪い人だと思ったけれど、後から聞いたら「ユカが信じられないくらい可愛くて、緊張していた」らしい。感情が表情に濃く表れる人ではなくて、かっこよくて背も高いのに、どこか自信なげで猫背で、ぼそぼそと喋る。


彼の穏やかなところが大好きだった。

会うと不器用な態度のくせに、毎日ラインと電話をくれて、付き合う前から、結婚するならこういう人だな、と私は決めていた。

あれは何回目のデートだっただろうか。付き合って三か月くらいが経っていて、私が「恭平とならいつか結婚したいな」と言ったら、「じゃあ、しようか」ととても自然にプロポーズしてくれて、そのまま結婚。あっという間に引っ越しが決まって、こんなにとんとん拍子に行くんだ、とちょっとびっくりするくらいイージーだった。でも、そのツケを今払っているのかもしれないな。

ドラマのように激しい恋ではなかったかもしれない。でも、穏やかに始まって、まるで一緒にいることが当たり前みたいにしっくりきていた。いつも余裕があって優しかった。

恭平のことをどうして好きだったのか、どんなところが好きだったかを最近自分でも考えているけど、これは全く難しい問題で、考えても考えてもわからない。毎朝起きたら、隣から安らかな寝息が聞こえること。家に一人でいても待つ相手がいること。特別友達に連絡するほどのことではないちょっとした幸せや不幸せを報告出来ること。おはようとおやすみを口に出して言えること。今思い返してみると全てが些細なことなのだけど、私の毎日というのはその些細なことが積み重なって出来ていたのだと今更になって思い知る。

人が人を好きな理由なんて説明出来なくていいのではないだろうか。明確なきっかけだってなくたって構わないじゃないか。私は恭平が大好きだったし、今も好きだ。この気持ちが恭平がいなくなることによって自分の中からなくなってしまうことが怖い。嫌いになったならまだしも、好きなまま相手のことを忘れてしまうなんて、そんな悲しいことがこの世にあっていいんだろうか。すでにこの数か月で様々なことが記憶から抜け落ちてしまったに違いない。それらの記憶はもう二度と自分の元に戻ってこない。それなのに、自分の人生から何が抜け落ちていったかさえわからないことが今、とんでもなく悲しい。

「裕二君は、恭平を思い出す時、どんなことを思い出す?」

そう聞いてみると、裕二君はうーんと言いながらおでこをかいた。

「難しいっすね。何かな……。おにぎり食べながら、パソコンのスクリーン見てたとことか、バーでウイスキー飲んでたとことか……これってエピソードはないんですけど、なぜか横顔を思い出すことが多いです」

「恭平の横顔、いいよね。なんか儚げで。雰囲気あって」

「そうそう。笑ってるのに寂しそうで、ぐっと来るんですよ」

ガラスの窓越しに見える夜はとても深く、恭平の横顔よりもずっと寂しい。

裕二君はその夜、初めてうちに泊まった。

クイーンサイズのベッドは一人で寝るには大きすぎるけれど、恋人でない者同士が二人で寝るには狭すぎる。ただ、裕二君が何もしてこないことは知っていたし、人が隣で寝ること自体はとても安心出来て心地が良い。体が触れるということはないけれど、体温はしっかりと伝わってくる。このあたたかさに溺れることはなくても、ほんの少しの間寄り添うことくらいは許されてもいいはずだ。

布団に横になったら、不思議な安心感を覚えてしまった。

「俺、添い寝が仕事なんで」と裕二君が笑う。

久しぶりに熟睡した。

柔らかい日差しが、カーテン越しに差し込んでいた。

かけ布団をかぶったまま、ツイッターを見ていると、裕二君が起きて、話しかけてきた。

「あ、おはようございます」

何もやましいことはしていないのだけれど、少しの気恥ずかしさを抱えている私とは対照的に、裕二君は平然としている。

「おはよう……」

私の顔が、年寄りに見えないことを祈りながらこちらも平静を装う。大学生から見る30代は、きっと私が同世代に抱くイメージよりもはるかに上なはず。

「今日は何するんですか？」

「お弁当屋さんに出勤予定」

「その後はどうするんですか？」

「決まってない。裕二君は？」

「これから家に帰って来週提出のレポート書きます。集中力が続かなかったら、大学行ってやるかも」

「そっか」

今のところ、お互いの人生に特に提案はない。裕二君が隣に寝ていることを、不思議に感じる気持ちが湧かないでもないけれど、恭平がいなくなってからというもの、なんだかもう全てに対して受け入れ態勢になっている。裕二君は、髪の毛が細く、まつ毛が長く、顎が細い。今とても素敵なものを見ている、という気持ちになる。性欲みたいにどろどろとした感情ではない。もっと、さらさらとしていて、穏やかで、透明な気持ち。私は、裕二君の雰囲気と、彼の生き方がとても好きだ。

「ユカさんは、お弁当屋さんを続けるんですか？」

「うん、続けるつもり。そして、これはまだ夢の夢だけど、いつか自分でお店を持ちたいな。

お弁当屋さんもいいけど、あっちこっち行くのが好きだから、ケータリングの店とか、いつか持てたらいいなーって思ってる」

「そっか。夢が出来たんですね」

「夢というほどじゃないかもしれないけど。世の中には優しい人が多いから、いろんな人に食を通して会う仕事がしたいかも。裕二君は将来何になりたいの？　私も答えたんだから、答えてよ」

「俺は、とりあえず真面目に大学行って、それから考えます」

裕二君はシャワーを浴びて、髪の毛を乾かし、冷蔵庫から勝手に飲むヨーグルトを出して飲んだ。シャワーから出た後の、まだ濡れていてキラキラした髪の毛が朝の光を浴びている光景はとても美しい。

「朝食を食べていく？」と聞いたら、「じゃあ、もらいます」と言うので、トーストを二人分焼く。パンが焼ける香ばしい香りの中に、淡いジャスミンの香りが混じる。ボディーソープの香りだ。

「チーズいる？　バターはつける？　ジャム？」

「じゃ、全部」

裕二君は、チーズを食べ、バターといちごジャムをたっぷりとトーストに塗った。昨日のことに関しても、泊まったことに関しても、二人共何も話さない。ありふれた言葉でこの状況にカタをつけるのが嫌だったのだ。言葉は感情の種類に対して不十分すぎる。

別れ際にひとりごとのように、裕二君が言った。

「じゃ、また来週の金曜日に」

言ってほしい言葉はそれだけだったので、ほっとした。もう来ないなんて言われたらどうしようかと思った。これからきっといろいろなことが変化するだろうけど、変えなくていいことは、まだ変わらないでほしい。変化はゆっくりでいい。

ドアを開け、一度振り返ると「またね」と手を振ってくれたので、私も振り返した。裕二君の好きなところは、ベラベラとなんでもかんでも言葉にしないところ。言葉に出来ない感情や空気を、言葉にしないままでいてくれるところ。それは恭平も同じだった。言葉にしたら壊れてしまうものを、あの人は知っていた。口下手な分、感覚で共有してくれた。その能力、そのふるまいを、私はそのまま恭平から受け継いだように思う。彼からもらったものはきっとまだ他にある。私の中にたぶん勝手に染み付いている。

裕二君が行ってしまうと、急に家が広く感じられた。リビングの窓を全開にしたら、部屋の中に朝の空気が満ちる。

今日中に、不動産屋さんに行こう。そして、引っ越し先を相談するのだ。

「引っ越すことに決めました」

そうツイッターに書く。

しばらくすると、知らない人から、「心機一転ですね！」となんのひねりも責任もない、安っぽいコメントが返ってきた。もう少し胸を刺すような言葉が欲しいと思いながらも、妙に心が穏やかだ。胃の奥からせり上がってくる痛みや悲しみを今はもう感じない。引き受けるべきことは全て引き受けて、淡々と自分の人生を進めていくだけ。

その時、久々にＤＭの通知が来た。

ツイッターを開くと、あの、鉛筆画で有名になった子からだった。

「元気ですか」

「童貞君じゃん」

「僕、まだ童貞君って呼ばれるんですね、笑」

「ごめんね、もう立派な画家さんなのに。本名は、工藤直人だよね。ナオ君」

「フルネーム教えましたっけ？」

「テレビで見たよ。大活躍じゃん」

テレビで見かけたナオ君の顔は、まだまだあどけなくて、子供みたいだった。

「テレビはもう出るのやめました。美香さん、アカウント作り変えたんですね。ユカさんですか？　美香さんですか？」

「本名はユカのほう」

「ユカさん、アカウント削除しちゃったから、もう連絡とれないかと思いました」

「やめるつもりだったけど、戻ってきちゃった」

「僕、ユカさんに、言わなくて後悔していたことがあったんです」

「なに？」

「こんなふうに有名になれたのはユカさんがきっかけだったのに、お礼言ってないって思って」

「お礼なんていいよ」

「ユカさんは、僕の最初のファンです。ありがとうございます」

「そんなのいいってば」


正直言うと、彼の才能がどんどん社会に認められていくのを見て、羨ましかったし、悔しかった。今まで気軽にやりとりしていて、心の底では見下していた相手が急に手の届かない場所に行っちゃって。嫉妬していたとも言える。

お礼も言われないことで、置いてきぼりにされた気に、勝手になって。

そしてこの「ありがとうございます」は、ずっと望んでいた言葉だったのにも拘わらず、実際に言われてみたら、案外拍子抜けした。彼が有名になったのは、彼の実力、彼の力だ。私が、裕二君に頼んでツイートしてもらわなくても、遅かれ早かれ彼の才能は、世の中に見つけられていただろう。才能ってそういうものだ。

「ユカさんは最初のファンなので、よかったら似顔絵描きます。僕の絵なんて価値がないかもしれないけど、せめてものお礼で。写真送っていただければ、描きます。描いて、郵送します」

「そんなの申し訳ないよ」

「いえ、いいんです」

「じゃあ、よかったらうちにご飯食べにおいでよ。私、今、料理の仕事を目指して修業中だから、絵を描いてもらう代わりに、ご飯を作るよ」

トントン拍子に話が進み、一つ、未来に向けた約束が出来た。ナオ君の顔を思い浮かべながら、何を作ったら喜んでくれるだろうか、と考える。お子様っぽいメニューが好きそうだな。ベタすぎるけどハンバーグとか。せっかくだから裕二君も呼ぼうか。

天井を仰ぎ、大きく一度伸びをすると、なんだか力が湧いてきた。

私に出来ることは、今日一日を良い一日にすること。目の前のことを一つ一つ、丁寧にやり遂げること。その積み重ねが、きっと私をどこかに連れて行ってくれるはず。今はまだ、行き先は見えていないけれど。

窓の外から差し込む太陽の光が、まるで幸福を約束してくれているようだと感じるのは、ちょっとドラマの見すぎだろうか。

リビングに昨夜から置きっぱなしのペットボトルに口をつけ、残りの水を飲む。透明で甘い水が体中に染み渡る。それと同時に、心の中に「私の人生は、これから始まるんだ」という前向きな気持ちが湧いた。その気持ちは確信と思えるほどの強さで、水と共に体中に染み渡っていった。

解説――断罪しない読書のすすめ

渡辺祐真／スケザネ

「小説芸術は、人を裁くことではなく理解することを通して、もっともすばらしい成果をあげるのだということを常におぼえておき、自分の頭の、人を裁きたがる部分に支配されないように気をつけたいものです。」

オルハン・パムク『パムクの文学講義』山崎暁子訳、岩波書店、２０２１年

「承認欲求」と「現実逃避」

名の知れたホテルでアルバイトをしていたことがある。連日、夢のような宴が繰り広げられ、煌(きら)びやかな衣裳に身を包んだセレブが集う。正面玄関からロビー、パーティ会場、トイ

レに至るまで、一分の隙もない完璧な空間だった。だが、宴会直後のバックヤードの汚さは忘れようもない。それだけの人数が飲み食いすれば、相応のゴミが出る。一切手の付けられていない食事や、羽目を外した帰結か、吐しゃ物やふん尿があることも珍しくなかった。

表をピカピカに飾り立てれば立てるほど、その絢爛さに比例するように、処理しなければならない汚れも増大する。ああ、これは人間だと思った。ちょうど家族や世間からの期待に応えようと自分を飾り立てて、その分、不満が溜まっていくのと同じだ。

しかしホテルと違って、人間個人は適切な処理ができるとは限らない。その結果、不満は様々な形をとって表出する。たとえば、1980年代にはテレクラや伝言ダイヤルブームが起き、若い女性は放埒な性体験にはけ口を見出した。あるいは、2000年代には不況とあいまって、ニートとなる若者が急増した。

そして、裏アカウントによるセックスもその一つだと思う。取り繕っている表では得られないものを、裏へ求めていくのだ。

単行本『仮想人生』、文庫でタイトルをあらためた、はあちゅう『特別な人生を、私にだけ下さい。』は、そんなTwitterの裏アカウント（裏アカ）の物語である。5人の登場人物たちは、日々の生活に不満を抱いており、そのはけ口を、裏アカを通した出会いに求める。

ユカは、広尾の高級マンションに暮らす33歳の専業主婦。夫の稼ぎは多く、裕福な暮らしを送っているが、やることと言えばドラマを見るか、料理に精を出すくらい。そんな日々の寂しさに耐えかねた彼女は、「美香／結婚四年目　セックスレス人妻」という裏アカを作る。あっという間に、セックス目的の男たちからのメッセージが殺到。そんな男たちを憐れみながらも、暇つぶしと自尊心の回復のために、男たちとメッセージのやりとりを重ねる。決して一線を越えるつもりはなかったが、ある日、夫が突然失踪したことにより、状況は一変する……。

ユカのほかにも、裏アカを駆使して何十人もの女性とセックスを重ねる23歳のナンパ師、裏アカを通して童貞卒業を目指す、絵を描くことが趣味の20歳大学生、大学に通いながらデリバリーホストとして働き、その裏では人のツイートをパクっては注目を浴びる21歳の男子大学生、バリバリ働きながら、その隙間を埋めるように裏アカで年下男性とセックスをする42歳の女性会社員。この5人が時に孤独に、時に思わぬ形で交差しながら、物語は進んでいく。

彼らは、それぞれに欠けている何かを求めて、匿名性の海に潜っていく。では、一体何を求めるのか。その一つは承認だ。

日本人の多くは、自分に自信がないと言われるが、決して自信が欲しくないわけではなく、本当は、みんな承認してほしいのだ。だが、自信がない根本的な理由からは目を背け、代わりの功績によってその穴を埋めようとする人々がいる。

その典型の一つが「ナンパ師（ヤリチン）」だと、ＡＶ監督の二村ヒトシは指摘する。

「ヤリチン」とは「たくさんの女性とセックスできる自分」という自意識で、自分の心の穴を埋めようとしている男のことです。〔1〕

同様に、社会学者で、自身もナンパを実践した宮台真司もこう説明する。

〈インチキ自己肯定〉の典型が「ナンパクラスタ」界隈にあります。ナンパ講座は、「自分はダメ」という不全感を、元の原因とは別の「代わりの承認」によって埋め合わせたがる男だらけです。（中略）そこでは女は、男の全能感を与える道具として〈物格化〉される。〔2〕

つまり、ナンパ師の中には、様々な原因による劣等感を、「たくさんの女とヤッた」という達成感によって強引に埋めようとする男たちがいるということだ。その典型は鉄平だろう。鉄平は自分の経験人数に酔いしれて、こう述懐する。

男を見ると、こいつの経験人数は何人だろうと思うようになった。（中略）人数では俺に負けていると思う。そう思うと、男として上に立ったような気分だ。店長もバイトリーダーも、みんな俺よりは下のはず。そう思うと優しくなれた。

まさに自意識に酔いしれている状態だ。実際、そのことをユカに指摘され、黙ってしまう。

「鉄平君ってうまく言葉で説明出来ない感情を、体を使って発散するよね。わかってる。だからナンパして女の子と寝まくってるんでしょう。自分の心の傷口、ふさぎたくて」

そう言われて、俺は黙ってしまった。

対照的なのは、直人だ。直人は、絵によって、自分自身の承認欲求を社会で満たすことができた。もちろんそのことで嫌な目にもあったが、彼は童貞を捨てることに固執しなくなり、自分に向き合うことができるようになった。〔3〕

では、女性の場合はどうだろうか。二村は、性行為に求めるものを自身の中の欠落だとしたうえで、次のような指摘をしている。

> メンヘラまではいかなくても、自意識や女性性に肯定感が持てないタイプ、〝こじらせ系〟と呼ばれる女性も増えている。（中略）彼女たちは、恋愛体験やセックス経験が多い人でも少ない人でも、共通して「どうせ私なんか女として不合格」と（おそらくこれも親やクソ男から言われた言葉を内面化してしまった結果）自分を許していない。〔4〕

仕事に邁進している愛が、仕事の重責や元カレの呪いを吹っ切るかのようにセックスにふけることはその典型だ。

つまり、男女で求めているものは微妙に違うのだが、共通しているのは、自分の空洞を埋めるため、相手を手段として利用している点だ。

さきほど引用したユカの発言は象徴的である。あの発言で、彼女は鉄平に同意を交わしたのだろう。私は、あなたがこれまで多くの女の子にしてきたように、自分の喪失感を埋めるために、あなたを物として扱うが、それでもよいか、と。全く同じ思いを持っているからこその「わかってる。」なのだ。

しかしその結果、ユカには虚しさしか残らず、鉄平も自分自身が手段とされたことと同時に自分がこれまで得た自己肯定感のインチキさを直観するのだ。

それでは、彼らは一体どうすればよかったのだろう。

総合的な関係を形作ること

人間関係には、具体的な関係と総合的な関係がある。

我々は多くの人間関係を具体的な目的を通じて始める。たとえば、学校の教室で出会う人とは、クラスメイトという特定の関係から始まる。そしてその中でも特に気が合う人とは、やがてクラスの話だけではなく、部活や趣味の話に広がり、果ては進路や家族、恋愛の話など、特定の話題に限らず、色々な話ができる総合的な関係へと変化していくのだ。一般的には親友とか恋人とか呼ばれるような間柄と言える（ただし、具体的な関係と総合的な関係の間に優劣があるわけではない）。

最近は、この総合的な関係を結びにくい世の中になっている。より正確に言えば、様々な具体的な関係を持ちやすくなったというのが正しい。その大きな理由の一つが、SNSによって趣味単位で容易に繋がれるようになったことだ。その結果、総合的な関係よりも、趣味①はAさんと、趣味②はBさんと、仕事のことは職場のCさんとなどと、細分化することが増えてきた。まさに人間関係の分業制のような状態だ。

ナンパクラスタにおけるセックスもこの一つと言えるだろう。セックスだけを目的にした具体的な関係。だが、ナンパによるセックスにふける人間ほど、総合的な関係を求めてやまない。たとえば、鉄平は彼女について、こんな風に語る。

　顔はすごくタイプだったから、もう少し真剣な関係になりたかったのにな。春には花見、夏には花火、秋には京都、冬にはスノボ……そんなふうに、セックス以外の時間を一緒に楽しめる子が欲しかった。

　この物語において、総合的な関係を形作っていくことは、一つの大事なテーマだ。様々な具体的な関係の末に、大切な総合的な関係を見つける物語だと言える。そこに、表や裏、貴賤はない。むしろ裏によって築ける関係だってある。愛は「家で八代君と録画していたMステでも見るほうが、気楽でいいよなー」と思うし、直人は夢を語り合えるユカと知り合えた。

　この点をはき違えてしまったのは、やはり鉄平だ。鉄平はユカとの関係について「男と女の深いところを見て、心のつながりも得ている。たとえば、ユカさんとの関係がそうだ。ただ、セックスがしたいだけのそのへんのチャラい男とは違うんだ。」と毒づくが、しかし、テンプレのやりとりしかしてこなかった彼は、いざユカと深い会話をしようとすれば、「俺からは他に、会話を広げる話題もなく、そこでやりとりは途切れ」てしまう。

重要なのは、この総合的な関係は、性的な関係や恋人とは限らない点だ。むしろ、枠にはまらない、その人とだけの関係を作っていくことが肝要になる。

その問題意識は、はあちゅう作品を読み解く重要な観点だろう。実際『通りすがりのあなた』（講談社）のあとがきでは、「名前の付けられない人間関係」を扱ったと述べている。

それがよく表れた作品が、「妖精がいた夜」だ。失恋や身近な人の死で、絶望の底にあった主人公は、友人の紹介で「妖精」を派遣してもらうことになる。妖精は、簡単に言えば優秀なケアサポートサービスである。性的な行為は禁止だが、身の回りのことをなんでもしてくれる。主人公のもとに来てくれた「妖精」の女の子も、料理をしてくれて、お風呂にお湯を入れてくれて、添い寝をしてくれて、ゆっくり話を聞いてくれる。そして、主人公の側も、妖精が来てくれるからと部屋の隅々まで掃除をしたり、妖精を気遣ったり、最終的には妖精との会話の中で自分の中の記憶と向き合うことができるようになる。

ここに描かれているのは、一晩限りとはいえ、まさに総合的な関係ではないか。身も心も委ね、その結果、自分の内にある秘密を分かち合っていく。ちょうど、愛が八代に対して「私はこの後この人に、きっといろいろな秘密を打ち明けていくことになるだろう。」と胸を弾ませたり、ユカと裕二が夢や恭平のことを語り合ったりする様子に近い。

自立と水分補給

今述べた通り、総合的な関係の構築は本作の鍵だ。そして、「妖精がいた夜」のように、総合的な関係に頼りながら、自分の力で踏み出すことに価値が置かれている。

そこには、もう一つの問題である「女性の自立」が隠されている。

ユカの幸福はどこにあったのだろうか。夫の恭平との生活や、恭平が帰ってくることが幸福だったのだろうか。当然、そうではない。ユカは恭平がいた頃から不幸だったように思える。物語冒頭にはこうある。

> 寂しさは刺すように一瞬なのに、信じられないくらい体の奥深くまで到達してしまう。だから、その瞬間目を閉じ、ぐっと喉に力をいれてやり過ごす。けれど、これが時たまではなく毎晩のことなのだから、やっぱり飲み下しづらい日はあって、そんな日は適当な理由をつけてお酒でも飲みに出かけたい。

このように、恭平がいたときも彼女は幸せではなかった。

そんな退屈な日々だったが、恭平が失踪したことで、生活の危機という大きな不安が突如突きつけられる。ところが、その逆境を通して、彼女は徐々に変わっていく。それは専業主婦として身に着けていた料理の腕のおかげだった。裕二に褒められたり、友人の美香のホームパーティで料理の手伝いをしたりしたことから、彼女は自分の料理の腕を役に立てることに目覚め、弁当屋で働き始めるのだ。

ここに、再生産労働と自己実現の関係を見出すことは難しくない。ここ数十年、女性による再生産労働（家事や出産に代表される、直接報酬を受け取ることのない労働）の価値の見直しは重要な問題だった。フィクションにおいても、『逃げ恥』や『プリンセスと魔法のキス』など、その問題を扱った作品は枚挙にいとまがない。〔5〕

本作においては、不均衡な夫婦関係の中で搾取されるだけだった再生産労働が、むしろそれによって、自己実現を達成できた物語なのだ。

このことは、「水分の補給」に象徴的に表れている。〔6〕

物語冒頭、彼女はモヤモヤしたものを「飲み下しづらい」と表現する（これは自分で無理やり吐き出していた愛とは対照的だ）。

しかし、物語が進み、他人との総合的な関係を結ぶにつれて、彼女は人の手を借りて水を飲めるようになる。「裕二君が持ってきた水を飲むと、カラカラに渇いた喉に甘く染み込んだ。」（ちなみに、ユカに助け舟を出す裕二は以前、「少なからず心が渇いている人に接しているせいで、俺の潤い、吸い取られちゃうんだよね。肌からも水分が抜かれたような気持ちになるのは、物理的な理屈だけじゃないと思う。」と言っている。そんな彼は、水だけではなく、飲むヨーグルトまでしっかりと摂取しているのが面白い）。

一方で、お互いを手段化していた鉄平が「すごい喉渇きましたね、ユカさんは大丈夫ですか？」と言った言葉はさらりと無視されていることも忘れてはならない。ここに、単なる水の受け渡し以上の意味を読みとるべきだろう。

そして、弁当屋で働き始め、自立した彼女は、自分の力で「リビングに昨夜から置きっぱなしのペットボトルに口をつけ、残りの水を飲」めるようになるのだ。

水分補給という、生命にとって根源的に必要な営みを通して、登場人物の主体性やサポートが描かれていると言えるだろう。

おわりに

以上見てきたように、本作は様々なプレッシャーや孤独に対して、名付けられない総合的な関係を通して、自分の自立を達成し、その渇きを潤した人の物語だと言える。

特に重要なのは、決して誰かを一面的に善人や悪人として描いていない点だ。読者としては、善人やたゆまぬ努力を重ねた人が幸せになって、悪人や不正を働いた人物が不幸になってくれると気持ちいい。

しかし、現実はそんなに甘くない。

ここまで好意的な解釈を下してきた裕二は、全能感に浸り、パクツイを重ねていたという点では、善人と言い切るのは難しい。あるいは、鉄平にだって、秘密を打ち明けられて、肯定的に受け止めてくれる、海斗という総合的な関係を築けそうな友人がいる（ただし、鉄平はそのことに気がついていない）。「表」だけを歩いてきた、折り目正しい人には、この作品の人物たちは許しがたく映るかもしれない。しかし、ここには間違いなく、現代の人々が抱える大きな傷が描かれている。

倫理観に従って、人を断罪するのは簡単だ。せめて物語世界では、すぐに断罪をせず、人物の傷に寄り添い、自分の倫理観を問い返すのも悪くないだろう。なぜその人が水を飲めないのか、どうすれば水を飲めるようになるのか、表も裏も通してじっくりと向き合うべきだ。

——書評家

〔1〕二村ヒトシ『恋とセックスで幸せになる秘密』イースト・プレス、２０１１年
〔2〕宮台真司・二村ヒトシ『どうすれば愛しあえるの』ベストセラーズ、２０１７年
〔3〕鉄平と直人の差の原因の一つを、彼らの家庭環境に見るのは面白いかもしれない。鉄平は母親とお互いの趣味も深く話し合わないが、直人は家族が一堂に会する必要があるお好み焼きを食べている。考察しがいがあるが、本題ではないので言及に留める。
〔4〕前掲〔2〕と同書。
〔5〕河野真太郎『戦う姫、働く少女』堀之内出版、２０１７年
〔6〕きちんと自分の身体の中に大切なものを入れるというのは、重要だ。たとえば、『とにかくウツなＯＬの、人生を変える1か月』(角川文庫)は、生きる気力を失っている女性がメンタルジムに通うことで、徐々に気力を取り戻す物語だ。その中で、主人公が口にする飲み物は、彼女の精神状況を反映するかのように少しずつ変化していく。物語冒頭、彼女の部屋にあったのは、コンビニ弁当と飲みかけのチューハイだ。しかし、それがやがてチャイや柚子茶に変化していき、「『今日は何を飲むのかな』って楽しみになってきました」、と語るまでになる。「妖精がいた夜」の妖精も「あったかいものは、腸も元気にしてくれます」「甘いものは、心を柔らかくしてくれますから」と言ってくれる通り、必要な飲み物をゆったり飲めるとき、それは心が満たされたときなのだ。

この作品は二〇一九年一月小社より刊行された『仮想人生』を改題したものです。

幻冬舎文庫

●最新刊
そして旅にいる
加藤千恵

心の隙間に、旅はそっと寄り添ってくれる。北海道、大阪、伊豆、千葉、香港、ハワイ、ニュージーランド、ミャンマー。国内外を舞台に、恋愛小説の名手が描く優しく繊細な旅小説8篇。

●最新刊
聡乃学習
小林聡美

今、やりたいことは、やっておかなくては——。無理せずに、興味のあることに飛び込んで、学びを得ながら軽やかに丁寧に送る日々を綴る、くすっと笑えて背筋が伸びるエッセイ集。

●最新刊
愛と追憶の泥濘(ぬかるみ)
坂井希久子

婚活真っ最中の柿谷莉歩にできた彼氏、宮田博之は大手企業のイケメン敏腕営業マン。そのどこまでも優しい人柄に莉歩はベタ惚れ。だが博之には、「勃起障害」という深刻な悩みがあった……。

●最新刊
気になる占い師、ぜんぶ占ってもらいました。
さくら真理子

霊視、催眠療法、前世療法、手相、タロット、護符、覚醒系ヒーリングまで。人生の迷路を彷徨う痛女が総額一〇〇〇万円以上を注ぎ込んで、ついに辿り着いた当たる占い師の見分け方とは⁉

●最新刊
ろくでなしとひとでなし
新堂冬樹

コロナ禍、会社の業績が傾いて左遷されそうな佐伯華は、売り上げが落ちた食堂を営む父に金を無心されていた。マッチングアプリで財閥の御曹司に狙いを定めて、上級国民入りを目指すが……。

幻冬舎文庫

●最新刊
意地でも旅するフィンランド
芹澤　桂

ヘルシンキ在住旅好き夫婦。暗黒の冬のフィンランドから逃れ、日差しを求めて世界各国飛び回る。つわり、子連れ、宿なしトイレなし関係なし！　馬鹿馬鹿しいほど本気で本音の珍道中旅エッセイ！

●最新刊
私以外みんな不潔
能町みね子

北海道から茨城に引っ越した「私」。新しい幼稚園は、うるさくて、トイレに汚い水があって、男の子が肩を押してきて、どこにいても身の危険を感じる場所だった——。か弱くも気高い、五歳の私小説。

●最新刊
この先には、何がある？
群ようこ

大学卒業後、転職を繰り返して「本の雑誌社」に入社し、物書きになって四十年。思い返せばい色々あった。でも、何があっても淡々と正直に書いてきた。自伝的エッセイ。

●最新刊
4 Unique Girls
特別なあなたへの招待状
山田詠美

あなた自身の言葉で、人生を語る勇気を持って。日々のうつろいの中で気付いたこと、そこから生まれる喜怒哀楽や疑問点を言葉にして〝成熟した大人の女〟を目指す、愛ある独断と偏見67篇!!

●最新刊
さらに、やめてみた。
自分のままで生きられるようになる、暮らし方・考え方
わたなべぽん

サンダルやアイロン、クレジットカード、趣味のサークル活動から夫婦の共同貯金まで。「こうあるべき」をやめてみたら本当にやりたいことが見えてきた。実体験エッセイ漫画、感動の完結編。

特別な人生を、私にだけ下さい。

はあちゅう

令和4年2月10日　初版発行

発行人――石原正康
編集人――高部真人
発行所――株式会社幻冬舎
〒151-0051東京都渋谷区千駄ヶ谷4-9-7
電話　03(5411)6222(営業)
　　　03(5411)6211(編集)
　　振替00120-8-767643
印刷・製本―図書印刷株式会社
装丁者――高橋雅之

幻冬舎文庫

ISBN978-4-344-43170-6　C0193　は-28-3

幻冬舎ホームページアドレス　https://www.gentosha.co.jp/
この本に関するご意見・ご感想をメールでお寄せいただく場合は、
comment@gentosha.co.jpまで。